杏林隨筆

聽診器下的呢喃 2

陳壽祥——著

林思偕 林口長庚醫院兒童內科部教授／林清淵 中國醫藥大學顧問級教授 強力推薦

推薦序（一）

陳壽祥醫師和我是多年舊識。我們年齡相仿，同樣是兒童過敏免疫次專科醫師，同樣愛好文學，同樣喜歡在臉書記錄一些行醫的日常。

他的fb圖文並茂，內容豐富，很受歡迎。他也常在我的臉書下留言，分享個人經驗，發人深省。我很感謝他，我們是相同頻率的人。

在某次醫學會，陳醫師送我他的第一本醫學散文集《杏林隨筆—聽診器下的呢喃》。拜讀之後，讚嘆不已。文如其人，陳醫師有趣又敬業。

他寫的文章極具特色，古道熱腸，帶有俠氣。通常是一篇短文，有附圖佐證。簡潔有力，信而有徵。不管是疾病衛教，交遊見聞，懷古念舊……等。篇篇精彩，讓人讀之欲罷不能。

陳醫師學識淵博，善用譬喻，把艱深的醫學知識轉化成淺顯易懂的文字，加上他的古文詩詞造詣極深。信手拈來，便是金句。細細咀嚼，大聲朗誦，可得個中三味。

例如他形容「玫瑰疹」—「高燒連三日，疹出抵萬金」；「宰予晝寢」可能是「過敏性鼻炎」作祟；先得過水痘，再發帶狀疱疹，是「郵差總按兩次鈴」；「江湖在走，戒心要有。」你永遠不知道下一個進門的是怎樣的病人？……

作爲一個成功的開業醫師，陳醫師不只是看病，他專注傾聽，易地設想，思慮圓熟周到，不亢不卑。應對病人，體貼周到，有口皆碑，遠近馳名！

從他的敍事中可以看出，行醫是一種志業。把病人照顧好，與病人產生連結，給他帶來莫大的成就感與快樂。

病人在他的門診常常追蹤十幾二十年。陳醫師與病患全家人，成爲無話不談的好朋友。例如陳醫師寫到一位女士，三個女兒從小都是由他負責診治。大小問題常找他諮詢。孩子們叛逆不聽話、她的哥哥酗酒、母親失智、本人也曾萌生輕生的念頭……全都找陳醫師訴說。陳醫師開導她：「生命短暫，塵緣迷茫。時間是療傷的靈藥，什麼都會過去，生命誠可貴，活著才是最重要！」

最後她終於度過難關，苦盡甘來。陳醫師的「良言一句三冬暖」，影響深遠，把病人整個人生都翻轉了……。

又一位老夫人在家中跌倒，不肯就醫。家屬問陳醫師這怎麼辦？陳醫師不厭其煩，竟然在下診後移駕，親自到患者家中去診療。以親切的語調問候；以溫柔的雙手碰觸，做出合情合理的建議，爲病人帶來無比的信賴感。老夫人說：「您看過以後，我就比較安心了……。」

陳醫師謙卑，富上進心，人在江湖，仍心懷學術。他脫離舒適圈，勤勤懇懇，參加大小醫學會議，充實新知。多年下來，積累出一身絕學，看病當然游刃有餘。

陳醫師情商高，交遊廣闊，待友眞誠，又極念舊。求學時期的老師或故交不幸仙逝，告別式他多會參加。或寫祭文以悼念；或著詩以抒懷。情深義厚，性情中人也。

陳醫師不藏私，提攜後進不餘遺力。對有心開業的學弟，陳醫師在談笑間，傳授他修練20年之「兒科開業葵花寶典」。

他說：「高築牆，廣積糧，緩稱王。」先要有雄厚的知識地基，開業不忘充實學問，要不斷進修，與時俱進，建議先受聘於人，韜光養晦，待時而起。

「練此神功，不必自宮。」陳醫師精闢而幽默的見解，令人拍案叫絕。

陳醫師除了認眞看診，也投入公共事務，設法改善健保環境。他走進群衆，熱心參與社區講學活動，宣導正確衛教知識。溫文儒雅的形象，頗接地氣。

2022年，陳醫師獲頒小兒科醫學會「基層醫師貢獻獎」，證明他是一個「全方位」，得人心的「醫者」。

這本書的每篇小品，都蘊含了醫者熱情的心，滿載人文關懷，散發淡淡的晶瑩微光，讓人發思古之幽情，讀之低迴不已。我願與他同行！

我鄭重推薦這本書！

林口長庚醫院兒童內科部教授

林思偕 謹序

推薦序（二）

陳醫師是我過去任教中國醫藥大學的學生，曾於台北榮總見、實習，畢業後服完兵役又考入台北榮總兒科部，接受兒科住院醫師的訓練，並投入本人兒童免疫腎臟科門下，完成次專科訓練。結訓後轉赴區域教學醫院接任小兒科主任多年，最後走入基層自行開業，服務第一線眾多病童。一路走來，三十多年如一日，慈悲為懷，視病如親；同時好學不倦，汲汲追求新知，勤於參加國內外大小醫學會議，印象中就曾六度隨本人出國開會，不斷學習，與時俱進；而對待求診病童及家長，均予以平等善待，不論身分貧富老幼，一視同仁，使他擁有極佳的醫病關係，經營的診所，成為熱情洋溢的行醫者與求診者的共同溫馨之家。

基層醫療的服務，對於每個病童都應同等對待，陳醫師秉持「醫者父母心」的襟懷，不斷地從病人、父母及照護者的角度去思量，給予好的醫療照護品質，文中一再展現陳醫師的慈悲與智慧。在多篇文章中，亦可見他在維持良好醫病關係；及做為眾多病患家庭醫師時，關懷大小成員的努力。其「仁心仁術」的胸懷，實非隻字片語所能形容。

陳醫師除了認真看診，致力醫病關係外，對民眾衛教也極為用心，熱心參與社區講學及「媽媽教室」……等活動。三十年來，他積極走出診間，奉獻許多時間，除了對民眾演講，宣導正確的兒童保健衛教知識之外，也在報章雜誌發表育兒預防保健之文章！這次出版的書，就是他在臨床工作之餘，用心地將他和病患間的互動，和同儕間的交流，及看診生活的一些隨筆，轉化成幽默、有趣及動人的教育題材，讓大家透過這些言簡意賅的文章，明確了解醫者視人疾如己疾的心態；在多篇文章中，亦可見他在維持良好醫病關係；及做爲衆多病患家庭醫師時，關懷大小成員的努力，及醫者在照護病人時的努力和用心。其「仁心仁術」的胸懷，實非隻字片語所能形容。

我以這個學生的表現爲榮，並以此文表達本人的恭賀與敬意。

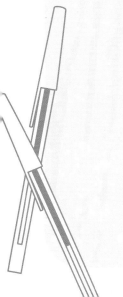

前中國醫藥大學附設兒童醫院院長

現任中國醫藥大學附設兒童醫院腎臟科教授

林清淵

續集自序

三年前，不揣淺陋，將臉書上發表過的文章，集結成冊。出版了個人醫學散文集《杏林隨筆：聽診器下的呢喃》，獲得不少病患、友人正面的迴響；甚至有年輕學子，讀完拙作後，以我爲role model，進而得償所願，考入醫學系的窄門，開啟習醫濟世的旅途；自身行醫歷程，一路走來，曾獲一些貴人相助，點滴之恩，不敢或忘；如能因本身一愚之得或淺薄閱歷，啟迪他人，激勵向上，亦屬「取之於社會，回饋之於社會！」

其後本人因養成用臉書圖文、照片，記錄生活大小瑣事的習慣，陸續又再發表了超過上百篇文章，於是起心動念再次出版原書之續集，以饗病友及同好！

有一句經典廣告台詞：「鑽石恆久遠，一顆永留傳！」竊以爲用心寫出的文章，亦值得永保長存！古人云：「年壽有時而盡，榮樂止乎其身，二者必至之常期，未若文章之無窮。」雖非什麼藏諸名山的大作，但希以此書，權充個人行醫三十餘載的點滴見聞及心得記錄！

年少求學時焚膏繼晷，努力通過了大學聯考的競爭，但也不免隨波逐流，選擇一條世俗認可穩當的道路行走；有幸當上醫生後，卻在追求醫術、醫病互動中，找到了人生的價值及助人爲樂的成就感。醫生這個行業，賦予醫者透視人體、洞悉病患內心的特權？是以極其珍惜能夠有此機緣！透過師長教誨、臨床診療、及醫病關係中，豐富了一己的人生，成就了個人事業，因此常懷感恩之心！

從醫生涯，雖然甘苦備嚐，但始終期許自己「**莫忘初衷**」！「**回首向來蕭瑟路；但願歸去時，也無風雨也無晴！**」

（PS：由衷感謝林口長庚醫院敘事醫學大師、小兒科林思偕教授，恩師中國醫大林清淵教授的慨然贈序，及臉書好友蔡啟超醫師的義助漫畫插畫！）

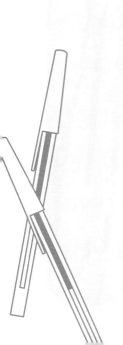

竹北陳壽祥小兒科診所

陳壽祥 醫師

目錄

三、醫病互動

四、診間偶拾、趣聞

五、新冠疫情特輯

六、見聞、遊歷

七、終章

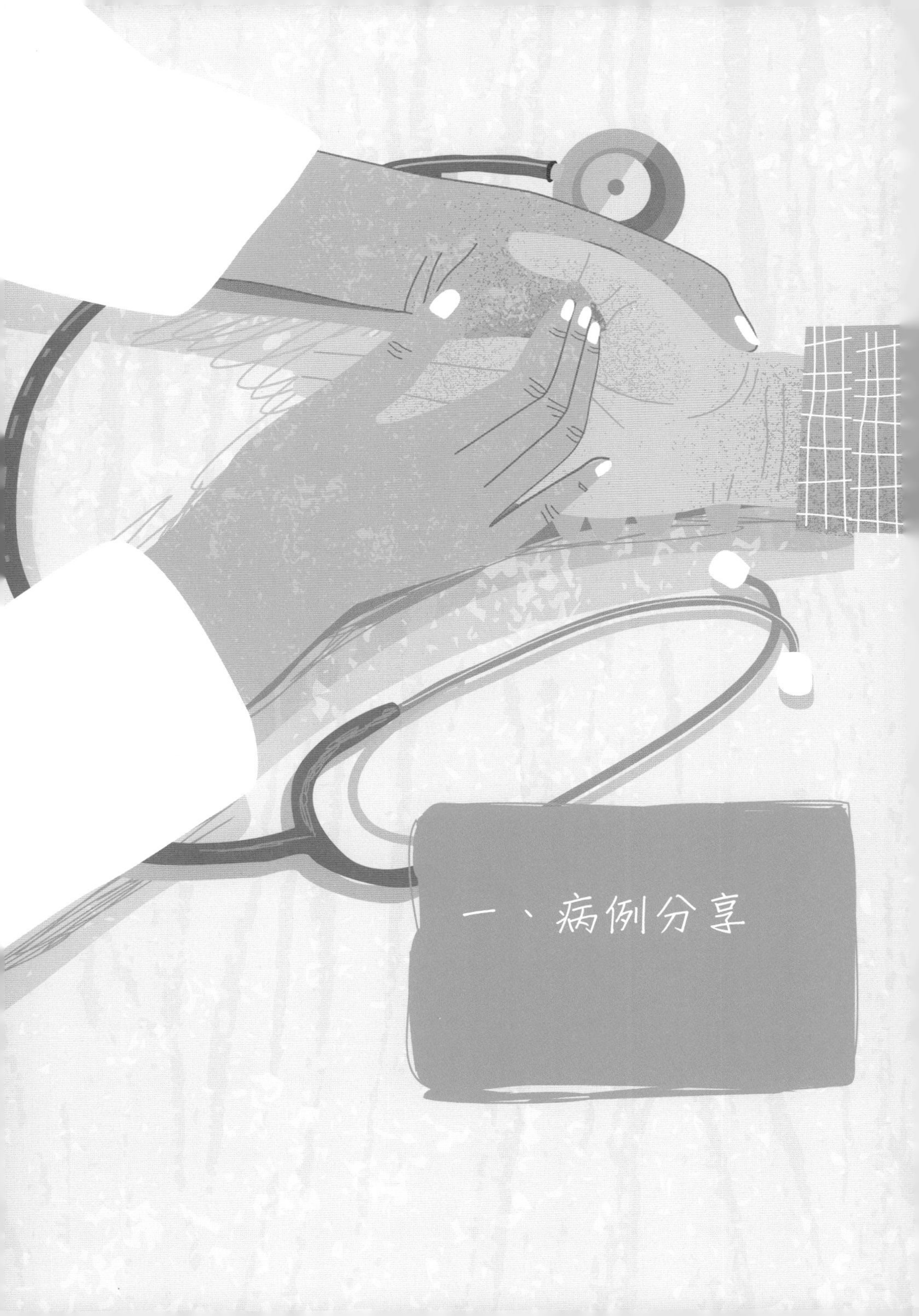

一、病例分享

1. 人之初，性可塑
（關鍵的生命前1000天）

承蒙竹北知名的「育禾」婦幼診所，院長蘇河仰醫師，致贈該集團醫師群合力著作的書籍《「都哈」新觀念，培養最強DNA》。讀後俾益良多！

何謂「都哈」，是指「健康和疾病發育起源」（Developmental Origins of Health and Disease），**取其英文字首組成DOHaD，中譯諧音即爲「都哈」**理論。從孕婦受孕到嬰兒2歲之間，這關鍵的1000天，決定了人類罹患慢性病（如糖尿病、高血壓、高血脂、冠心症、過敏體質……的機率）。做好這段黃金期的營養照護，就能讓孩子長的好、智商高、而且能減少成年後罹患慢性病的機率！

原來俗語說「**三歲定終生**」，是有理論根據的！孕期的營養、孕婦的飲食結構、孕婦的身心狀態、嬰幼兒期營養的攝取……等都會影響胎兒的發育；如有不足，甚至可決定未來成年後，一些慢性疾病的起源，不可輕忽！

「人之初，性可塑」，年輕父母宜把握這關鍵的一千天，莫讓小孩輸在起跑點！

（109.5.18）

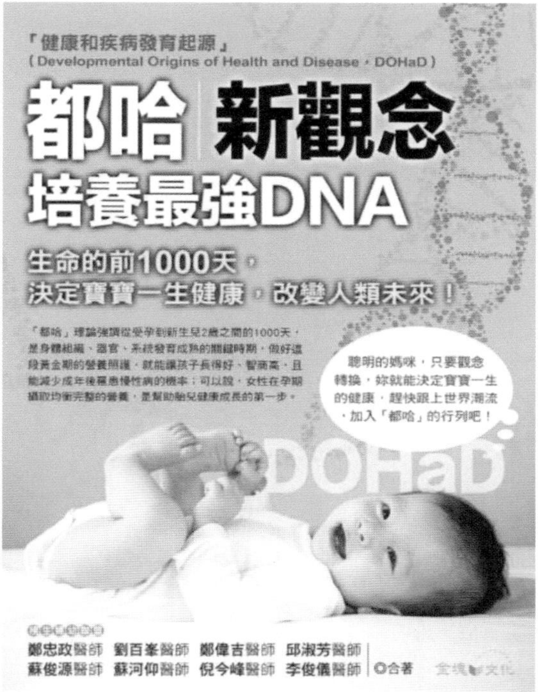

「健康和疾病發育起源」
(Developmental Origins of Health and Disease，DOHaD)
都哈 新觀念
培養最強DNA
生命的前1000天，
決定寶寶一生健康，改變人類未來！
「都哈」理論強調從受孕到新生兒2歲之間的1000天，是身體組織、器官、系統發育成熟的關鍵時期，做好這段黃金期的營養照護，就能讓孩子長得好、智商高，且能減少成年後罹患慢性病的機率；可以說，女性在孕期攝取均衡完整的營養，是幫助胎兒健康成長的第一步。
聰明的媽咪，只要觀念轉換，妳就能決定寶寶一生的健康，趕快跟上世界潮流，加入「都哈」的行列吧！
DOHaD
鄭忠政醫師 劉百峯醫師 鄭偉吉醫師 邱淑芳醫師
蘇俊源醫師 蘇河仰醫師 倪今峰醫師 李俊儀醫師
◎合著

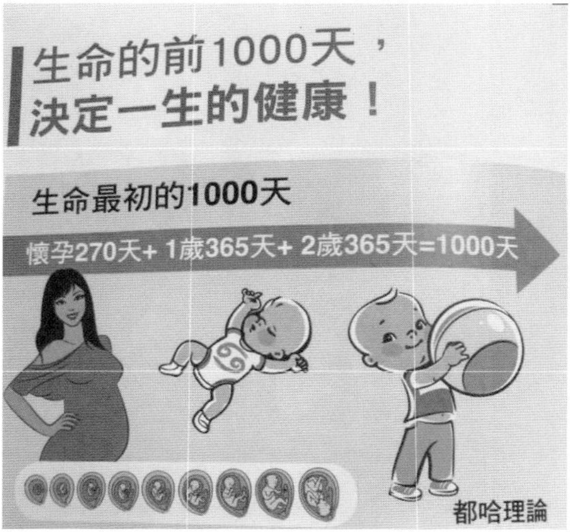

生命的前1000天，
決定一生的健康！
生命最初的1000天
懷孕270天+ 1歲365天+ 2歲365天=1000天
都哈理論

2. 高燒連三日，疹出抵萬金

新冠肺炎疫情肆虐，造成「風聲鶴唳，草木皆兵」？許多家長帶發燒的嬰幼兒至醫院求診，院方如臨大敵，皆被要求先做快篩始能通關，大排長龍之後還要經歷戳鼻子的酷刑，哭鬧更甚，造成多數家長苦不堪言？

今天一早開診，無獨有偶，連續來了兩個出疹的嬰兒，皆是發燒兩三天，都有掛過大醫院急診，每天被捅鼻子要求快篩；甚至未獲檢查，值班醫生直接開立退燒藥及抗生素，卽被打發回家？燒退後紅疹發出，眞相大白爲「**嬰兒玫瑰疹**」，正是「**高燒連三日，疹出抵萬金**」！另有一名發燒小朋友，檢查喉嚨後是化膿性扁桃腺發炎，經鏈球菌抗原檢查陽性，投與抗生素及解熱鎮痛藥後卽退燒緩解。

玫瑰疹是一種由病毒傳染的疾病，最常發生在6個月~2歲的寶寶身上，主要特徵爲感冒症狀並不明顯，但常會引起高燒數日，甚至引發熱痙攣發作；燒退後身體會開始出現大小不一的紅疹，通常三天後會退去（俗稱三日疹）。玫瑰疹通常由人類疱疹病毒第6型（HHV-6）和第7型（HHV-7）所引起，這兩支病毒在分類上皆屬於單純性皰疹病毒（HSV）。

新冠肺炎等待篩檢的人潮，確實排擠了一些正常看診的病患。疫情當下，第一線醫院同僚工作量都超出負荷，很多病患也接受了許多不必要的篩檢，但這或許是必經的「陣痛期」吧？也不能以事後諸葛，否定了先前醫護人員的辛勞。

「隧道盡頭必有亮光」，只能以耐心走過目前這段黑暗的幽谷，期待重見天日那天的到來！

（111.5.11）

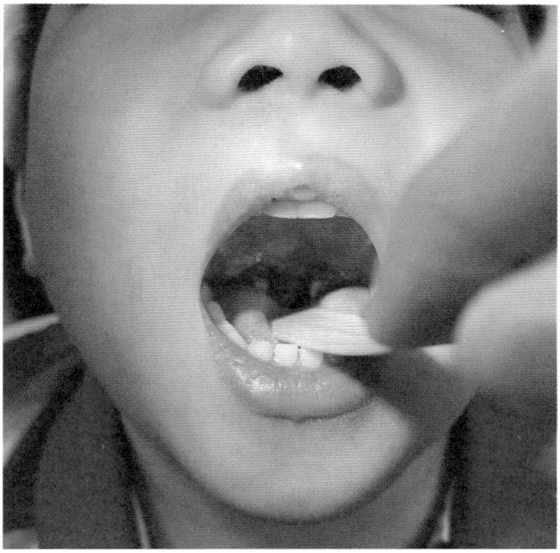

化膿性扁桃腺發炎

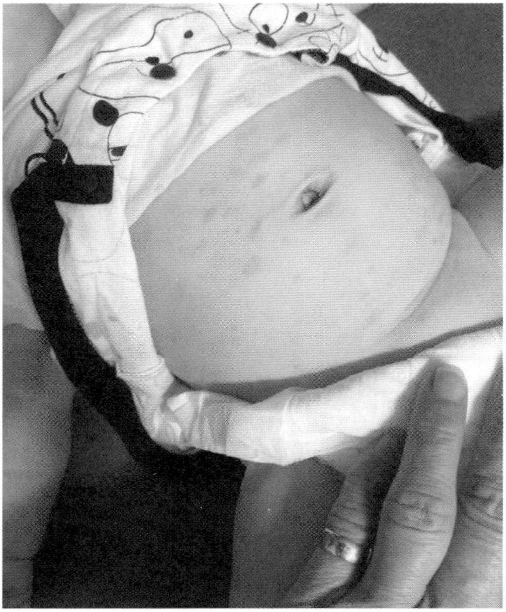

嬰兒玫瑰疹的皮疹

3. 江湖在走，戒心要有

正當大家注意新冠肺炎大行肆虐之際，病毒性腸胃炎也正在悄悄流行。

一個月前一名八歲大兒童因發燒、上吐、下瀉，在其他家診所被當成是一般腸胃炎治療無效，轉至本院求治！

看著他彎著腰走進診間時，想起馬偕兒童醫院李宏昌院長的名言「當小朋友因腹痛無法直挺挺走進來時，永遠要考慮急性腹症的可能性」！超音波檢查，果不其然看到一段腫脹的盲腸，轉至東元醫院處理，電腦斷層顯示爲盲腸炎且已破裂產生腹膜炎，用腹腔鏡緊急開刀，外加注射抗生素處理，始解決他的病痛！幸未誤診耽擱病情，引發敗血症，否則後果不堪設想！

闌尾炎（俗稱盲腸炎）是指闌尾發炎。闌尾位於右下腹，在小腸與大腸的交界處，急性闌尾炎**好發於6～18歲學齡兒童及青少年**，但學齡前孩童或大人皆有可能發生。

闌尾炎是因爲闌尾內腔阻塞所引起，造成闌尾內腔阻塞的原因常見的有糞石（濃縮乾固的大便），其他原因還有細菌或病毒感染引起的淋巴組織腫脹、以及異物、腫瘤或寄生蟲……等。兒童盲腸炎並不多見，發病初期不容易正確診斷，故常成爲兒童腸胃疾病診斷的地雷區！

「江湖在走，戒心要有」，小心方能駛得萬年船！感恩師長的經驗傳承及耳提面命；也慶幸

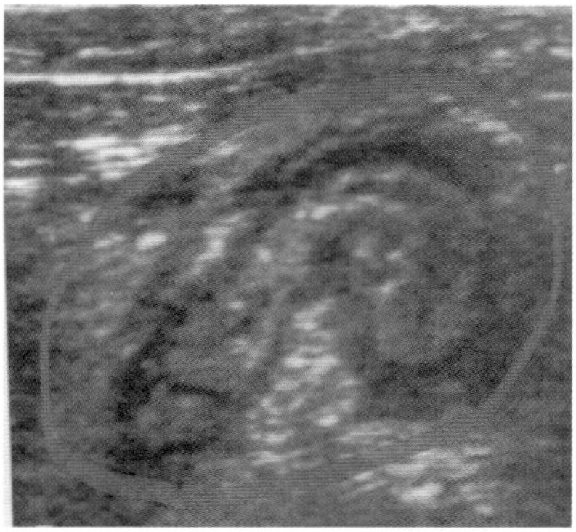

超音波檢查——腫大的盲腸

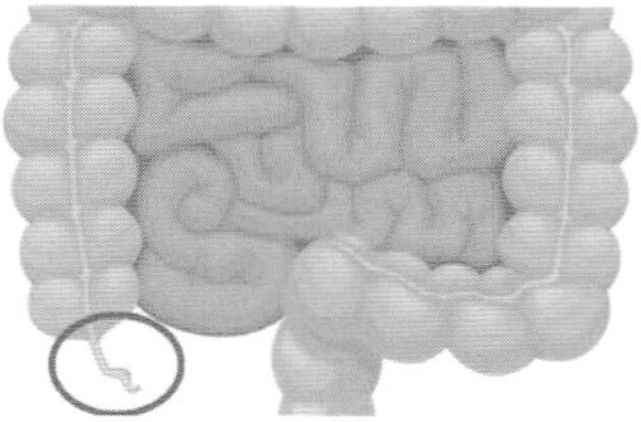

（闌尾是位在盲腸末端的凸出條狀物，與盲腸的連接處有個洞口，假使洞口阻塞，就有可能感染引起發炎。圖片來源：shutterstock）

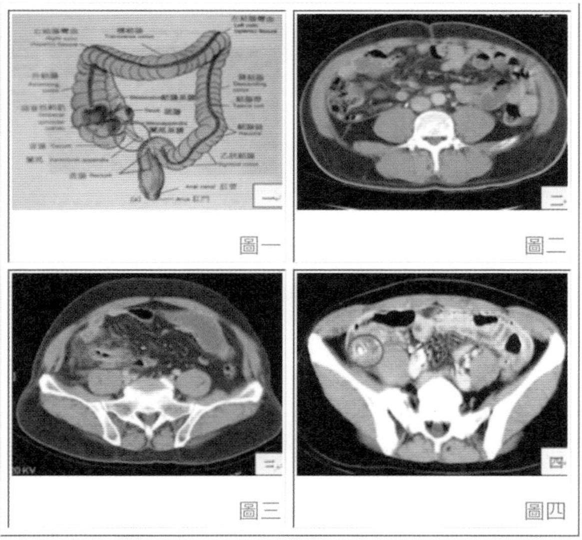

圖一：盲腸的解剖位置圖
圖二、三、四：電腦斷層片——腫大的盲腸

現今有超音波的診斷利器，不必只靠徒手的理學檢查，避免了許多醫療糾紛的發生！

（109.3.20）

4. 宰予晝寢，過敏性鼻炎作祟乎

今天應暉致（VIATRIS）藥廠的邀請，前往新竹煙波飯店，擔任「**過敏性鼻炎**」專題演講的引言人及評論員，演講者爲資深兒科開業醫詹前俊院長，內容深入淺出，全方位研討，並介紹新推出的二合一藥物（鼻噴式抗組織胺＋鼻噴式類固醇），標榜藥效有快速作用及相互加乘的效果！

過敏性鼻炎因台灣空汙、海島型氣候（潮濕多雨）、飲食習慣改變、寵物飼養增加……等原因，盛行率逐年增加，雖然不像氣喘發作，嚴重時有致命之虞，但會影響學童學習時的專注力，及因鼻塞干擾到睡眠品質；甚至因爲鼻塞不通，長期張嘴呼吸，導致上顎變形、牙床移位成暴牙、咬合不正、臉部變型；阻塞耳內歐式管，形成中耳炎；甚或鼻涕倒流導致鼻竇炎、長期黃膿鼻涕及久咳不癒！有些學童因無法控制的臉部扭曲或喉嚨有異聲、上課缺氧打瞌睡……，被老師貼標籤爲調皮搗蛋的學生！

我開玩笑的評論說，以前讀論語時，孔子的學生宰予晝寢，被罵成「**朽木不可雕也，糞土之牆不可杇也？**」可能宰予是個過敏性鼻炎的患者，上課時因爲缺氧而打瞌睡，被孔夫子誤解了？

早期診斷並給予規律的保養治療，可以改善這些學童的學習力，及免於在校園內被霸凌的噩運？兒科基層醫師，應該努力篩選並治療這類病童，無形中也可累積一些功德！

（111.11.27）

台北市開業醫詹前俊院長

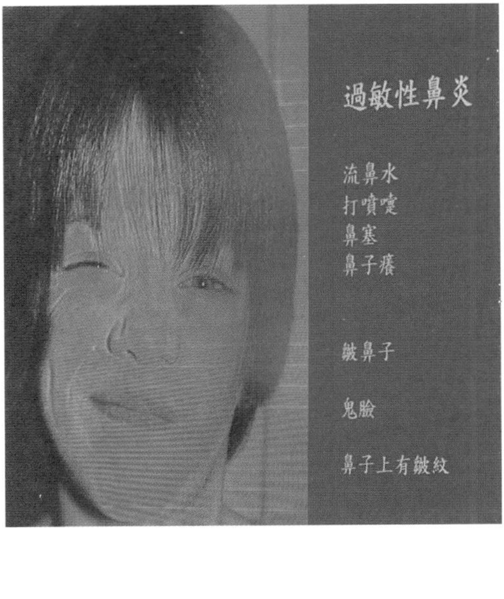

5. 女人雖弱，為母則強

16年前被我診斷出新生兒膽道閉鎖的小嬰兒，如今長大成俊俏的大男孩，今天因感冒前來就診。時值新冠肺炎疫情期間，門可羅雀，因此有較長的時間與家屬交談，也不禁回憶起那段塵封已久的往事！

彼時小男嬰因持續黃疸不退，膚色臘黃，大腹便便，且尿布呈現**白色大便！**警覺到小孩應該是罹患了「**新生兒先天性膽道閉鎖**」，轉介至林口長庚醫院接受手術治療，記得當時母親終日以淚洗面，最後被告知嬰兒肝功能不佳時，毅然決定活體捐肝給自己的小孩，手術非常成功，不但矯治了膽道閉鎖，也救活了小嬰兒！

「**女人雖弱，爲母則強！**」母親節又將至，特別告訴小男生這段感人事蹟，告誡他要感念母愛的偉大！

行醫歷程，總會遇到一些特別令人動容的病例，既能挽救他人的生命，也能成就他人的價值，例如這位偉大的母親！這些皆非金錢所能等量齊觀的！

（109.5.2）

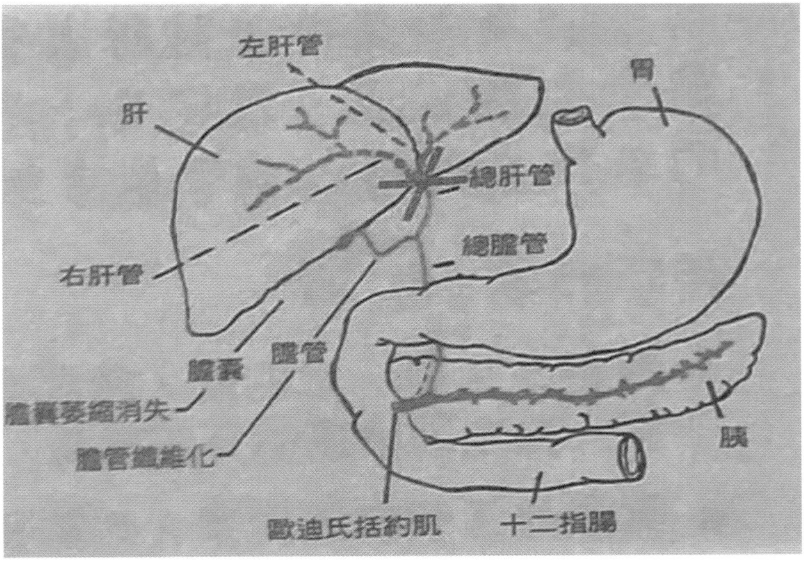

肝、膽解剖位置圖。總肝管及膽管開口處閉鎖，導致膽汁無法分泌

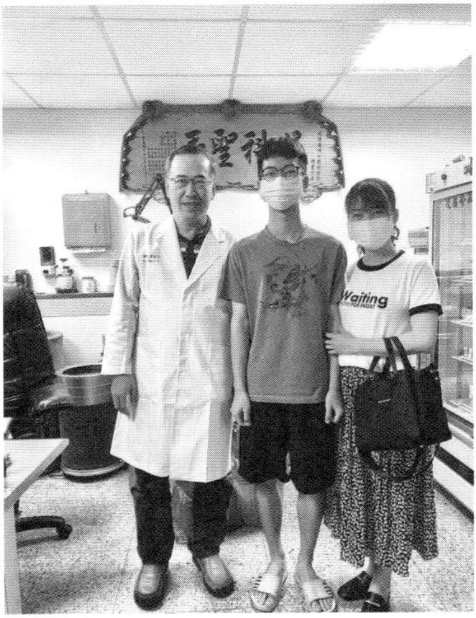

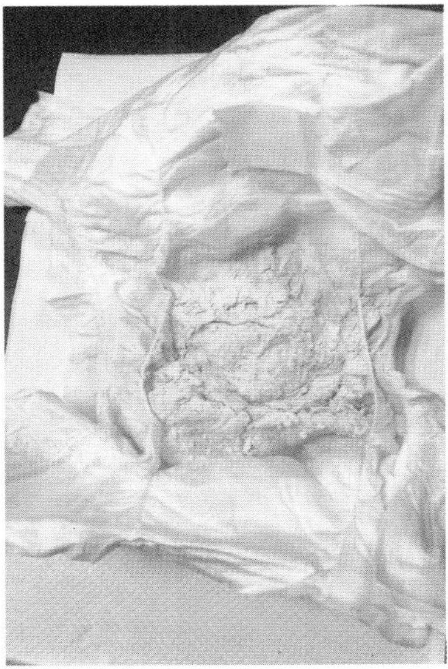

膽道閉鎖——灰白色的大便

6. 郵差總按兩次鈴

應中醫大新竹分院張宜眞執行長之邀，投稿至自由時報醫藥版，今日幸蒙刊登！

不是業配文，推銷自費水痘疫苗。而是臨床上確實看到一些嬰兒期已經施打過一劑水痘疫苗的人，後來還是感染水痘；而一旦罹患過水痘病毒感染，將來再發就會變成**帶狀皰疹**，不可不愼！過去有部電影的片名《**郵差總按兩次鈴**》，用來形容這種狀況恰如其分！

根據台大醫院所作的研究，兒童施打一劑的保護力大約86%，雖仍有漏網之魚，但打一劑還是可以預防水痘感染造成的重症！但若施打兩劑水痘疫苗，保護力則可達到98%；打完追加劑疫苗後，有產生保護性抗體的人（少數會失敗），保護力可以長達20年甚或更久！

目前因政府預算有限，還未能編列經費，幫學齡前兒童普打第二劑疫苗。最保險的方式是在四歲以後，父母帶小朋友至醫療院所，自費施打第二劑水痘疫苗；而小時曾經感染過水痘病毒的人，滿四十歲後；或者免疫系統低下患者，滿十八歲後，皆可自費再接種帶狀皰疹疫苗！

（109.8.18）

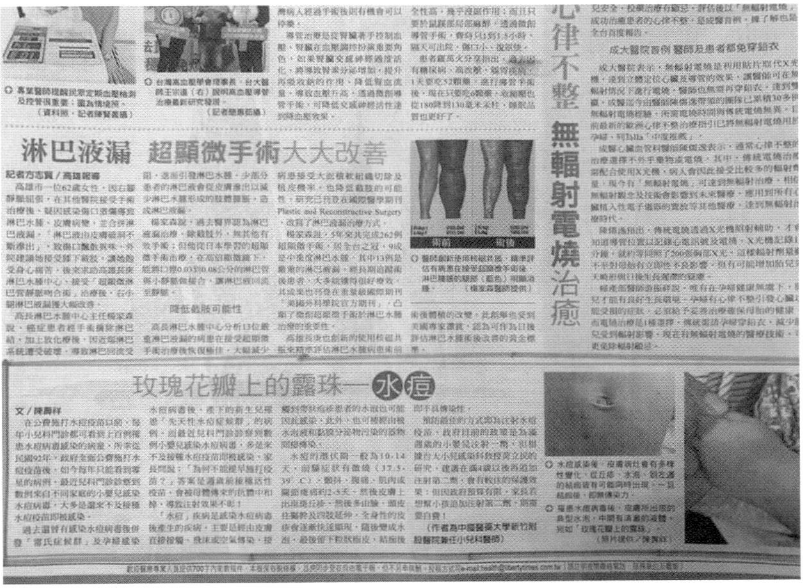

淋巴液漏 超顯微手術大大改善

心律不整 無輻射電燒治癒

玫瑰花瓣上的露珠—水痘

文／陳壽祥

在公費施打水痘疫苗以前，每年小兒科門診都可看到上百例罹患水痘病毒感染的病童，所幸從民國92年，政府全面公費施打水痘疫苗後，如今每年只能看到零星的病例，最近兒科門診診察到數例來自不同家庭的小嬰兒感染水痘病毒，大多是還來不及接種水痘疫苗即被感染。

過去還曾有感染水痘病毒後併發「雷氏症候群」及孕婦感染水痘病毒後，產下的新生兒罹患「先天性水痘症候群」的病例，而最近兒科門診診察到數例小嬰兒感染水痘病毒，多是來不及接種水痘疫苗即被感染，家長問說：「為何不能提早施打疫苗？」答案是週歲前接種活性疫苗，會被母體傳來的抗體中和掉，導致注射效果不彰！

「水痘」疾病是感染水痘病毒後產生的疾病，主要是經由皮膚直接接觸、飛沫或空氣傳染，接觸到帶狀皰疹患者的水泡也可能因此感染，此外，也可被經由被水泡液和黏膜分泌物污染的器物間接傳染。

水痘的潛伏期一般為10-14天，前驅症狀有微燒（37.5-39°C）、倦怠、頭痛、肌肉或關節痠痛約2-5天，然後皮膚上出現斑丘疹，然後多由臉、頭皮往軀幹及四肢延伸，全身性的皮疹會逐漸快速顯現，隨後變成水泡，最後留下粒狀痂皮，結痂後即不具傳染性。

預防最佳的方式即為注射水痘疫苗，政府目前的政策是為滿週歲的小嬰兒注射一劑，但根據台大小兒感染科教授黃立民的研究，建議在滿4歲以後再追加注射第二劑，會有較佳的保護效果；但因政府預算有限，家長若想幫小孩追加注射第二劑，則需要自費！

（作者為中國醫藥大學新竹附設醫院兼任小兒科醫師）

水痘感染後，皮膚病灶會有多樣性變化，從丘疹、水泡、到乾痂的結痂期都可能同時出現，一旦結痂後，即無傳染力。

罹患水痘病毒後，皮膚所出現的典型水泡，中間有清澈的液體，宛如「玫瑰花瓣上的露珠」。

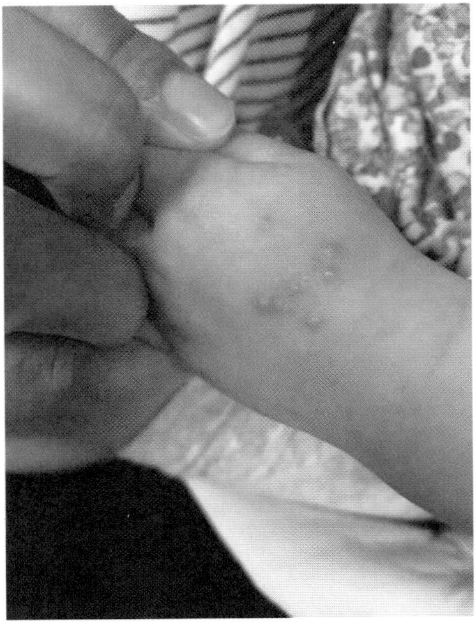

水痘的水疱

7. 嬰兒啼哭似斷腸，父母親人徒哀傷

（嬰兒腸絞痛）

今日中午診所同仁，參加雀巢公司舉辦的全省視訊連線，討論「嬰兒腸絞痛」議題，主持人爲高雄柏仁醫院的王志祿副院長，主講人爲兒科醫學會副理事長林應然院長，兩人俱爲兒科名嘴，聽講後獲益良多！演講中特別提到嬰兒哭鬧不安，導致身旁照顧者失去耐性，往往是造成過度搖晃腦傷及兒虐的潛在原因，不可不慎！

「嬰兒腸絞痛」，其實並不是單一疾病的診斷名稱，它是一個症候群，舉凡會造成小嬰兒哭鬧不安狀況的疾病，例如便祕、腹漲、牛奶蛋白過敏、腸胃蠕動異常……等，以致造成小嬰兒莫名啼哭、煩躁不安……等症狀時，皆可泛稱爲「腸絞痛」症候群。

一般好發三個月以下的小嬰兒，且症狀大都出現在傍晚和夜間。男女嬰發作頻率相當，無性別之差異；無論餵食母乳或配方奶，發生機率也大致相當。

診斷上有一個「333」準則——

哭鬧超過三小時、每週發作超過三天、症狀持續超過三週；同時須先排除其他病變（例如疝氣、脫臼、發炎、感染發燒）等，方能下此診斷。

臨床上小嬰兒的表現通常是沒來由的哭鬧，且哭聲高亢尖銳，肢體呈現握拳踢腿狀，無論如何安撫皆難以停止哭鬧？直到他本身哭到精疲力竭爲止，方才停歇；而在兩次哭鬧的中間，往往又表現的很正常。

造成的原因可能跟小嬰兒吃不飽；或吃太飽吸奶時吸入大量空氣導致腹脹，腸子蠕動異常導致痙攣絞痛；或對乳糖無法消化代謝導致脹氣腹痛；少部分是對牛奶蛋白過敏；或是嬰兒對周遭環境的刺激過度反應……等等所致！

處理嬰兒腸絞痛的方法，可以遵循以下法則：

(1) 以薄荷油順時鐘方向輕輕按摩塗抹腹部（但有蠶豆症者不宜）；或抱起小嬰兒輕輕搖晃，但不可用力過度。

(2) 用溫毛巾熱敷肚子，緩和腸痙攣。

(3) 控制奶量攝取：不可過度或不足。嬰兒吃不飽時會哭鬧，但切記不要寶寶一哭泣就頻繁餵奶，導致吃奶過量，而引起脹氣。

(4) 餵食速度不宜太快；避免吸入過多空氣，並幫寶寶拍打嗝以利排氣。

(5) 喝配方奶的寶寶，少數腸絞痛，是因爲對牛奶蛋白過敏，或是乳糖不耐所引起，有必要時需更換特殊配方奶粉。

(6) 添加益生菌：有一種菌株（L.reuteri）有臨床實驗證實可減少腸絞痛症狀，可以嘗試服用！

(7) 兒科醫生通常會開立一些舒緩腸痙攣及幫助排氣的藥或一些抗組織胺類的藥物，緩解腹痛症狀並讓小嬰兒鎮靜安眠！

此外，小兒科醫師Harvey Karp則提出了「5S安撫寶寶方法」：

1S：**包**（**Swaddling**），用包巾將嬰兒緊緊包住，可模擬寶寶在子宮生活時的感覺。

2S：**側臥**（**Side or stomach position**），讓嬰兒側躺在爸媽的懷裡。但是切記若大人不在身旁時，爲免意外發生，要令寶寶仰睡。

3S：**吸**（**Sucking**），除了哺乳時，讓孩子吸吮乳頭外，平時適度給予小寶貝吸吮安撫奶嘴，也可以收到安撫的效果。

4S：**搖**（**Swinging**），抱住小嬰兒，緩慢搖晃，模擬寶寶在媽媽肚子裡搖晃的感覺。

5S：**噓**（**Shushing**），寶寶在子宮內，血流的聲音對寶寶而言是相當吵雜的，可將收音機調到沒有頻率的背景音，或開吸塵器、吹風機等雜音，會讓寶寶誤以爲聽到子宮中的血流聲，習慣熟悉的聲響，進而鎮靜下來！

時間是解決嬰兒腸絞痛的不二途徑，隨著年紀長大，一般三個月過後，最多到五、六個月大，嬰兒腸絞痛的症狀往往可以不藥而癒！過度期間，可依循上述法則，暫時幫忙緩解小嬰兒腹痛之症狀。

（109.10.21）

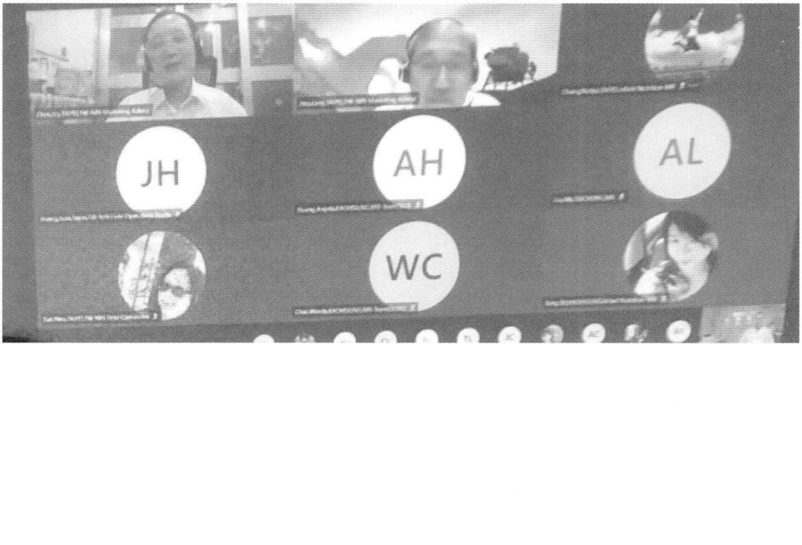
JH
AH
AL
WC

8. 防患未然，避免輸在起跑點
（談B型細菌性腦膜炎疫苗）

北上參加葛蘭素（GSK）藥廠的B型腦膜炎雙球菌疫苗（Bexsero）發表會！看得出廠商爲了這次的上市，不惜砸下重金，選了華麗的會議中心，特聘了三位漫畫家，現場爲參與者速描漫畫人像！

流行性腦脊髓膜炎爲腦膜炎雙球菌所引起的侵襲性感染疾病，估計全球每年病例數達120萬人，台灣每年約有10-20人感染，罹患後死亡率及後遺症都很高！由腦膜炎雙球菌（Neisseria meningitidis）引起的腦膜炎稱爲流行性腦脊髓膜炎（Meningococcal meningitis），爲流行性腦膜炎疾病（Meningococcal diseases）中最常見的菌株，常見症狀有發燒、劇烈頭痛、噁心、嘔吐、頸部僵直、畏光及神經學症狀─如精神錯亂（譫妄），約75%的腦膜炎個案可在血液中分離出此種細菌。即使給予適當抗生素治療，致死率仍有10%~15%。臨床上皮膚常會出現**出血性瘀斑！**麻煩的是患病後，起初症狀與感冒並無二致，但常瞬間急轉直下，成爲醫療糾紛的來源？特別是一歲以下的嬰兒案例，臨床症狀往往不典型亦不易察覺，通常只有發燒、還可能會出現躁動不安、哭叫、不易餵食、張力低下（**hypotonia**）等症狀，另有囟門突出的情形，但頸部不一定會僵直，照顧者會覺得病嬰異於平常（**not doing well**），需靠醫生敏銳的警覺性，及相信平常照顧者的感覺，方能早期診斷！否則稍有不慎易釀致醫療糾紛！

以前在北榮兒科部受訓時，就曾經歷過一個病例，後來病童雖然存活，但留下癲癇、腦性麻痺的後遺症！

腦膜炎雙球菌有A、B、C、W、X、Y等夾膜血清型，台灣過去已引進一種不活化（死菌）（商品名Menveo，腦寧安，ACWY-CRM）的流行性腦脊髓膜炎疫苗，是純化A、C、W-135、Y四種血清型細菌的細胞壁多醣體後，以白喉桿菌蛋白作爲載體蛋白，結合而製成，然而對於其他血清型別的保護力不佳？不幸的是，台灣超過80%的侵襲性感染均由B型所引起，導致預防效果不彰？本來B型腦膜炎疫苗研發不易，但由於近年來**反向疫苗學**（**Reverse vaccinalogy**）的進步，經由罹病患者身上，做大數據、基因定序分析，去找出那些可刺激人體產生保護性抗體，有效的病毒抗原蛋白成分，進而製造出疫苗；不必再像傳統疫苗要從病毒、細菌中去培養！終於研發出此種B型腦膜炎雙球菌四成分重組蛋白疫苗（4CMenB），造福廣大的嬰幼兒。

「反向疫苗學」的概念，就是好比過去男女相親時，傳統要用一對一、面對面的方式去配對，曠日而費時；而拜電腦科技進步之賜，如今可在一堆男女候選人資料庫中，輸入身高、體重、學歷、工作……等條件，經由大數據分析，篩選出幾個可能的配對者，最後從中尋獲眞命天子、天女！這樣不但在挑選的過程中，節省了許多時間和精力，也更爲有效率！

爲了預防台灣常見的B型血清型，葛蘭素藥廠引進「**必思諾腦膜炎雙球菌疫苗**」（**Bexsero, Meningococcal Gr B vaccine**），適用於兩個月以上的小嬰兒，及成人的免疫追加接種！

儘管疫苗價格不菲，但施打這種疫苗，就是花錢買保險的概念，雖然機率不高，然而小嬰兒一旦罹患，非死卽傷（會好也不會完全，台語）！如要避免栽在起跑點，可考慮自費接種！預防勝於治療，生命無價，家長可考慮自費施打。小李P（李秉穎教授）以購車買「全險」的概念比擬之，有備而無患！

（111.1.8）

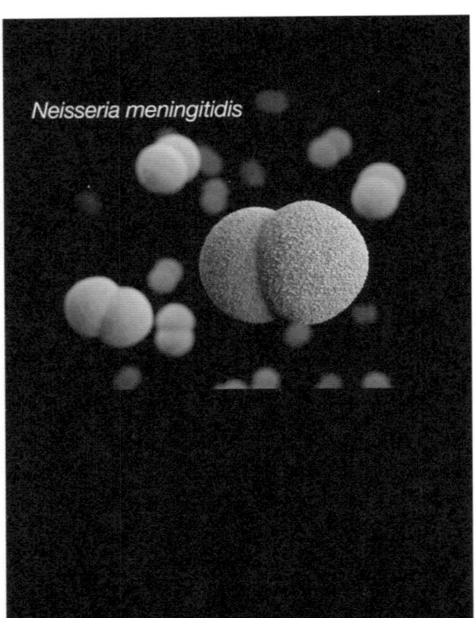

電子顯微鏡下——腦膜炎雙球菌的外觀

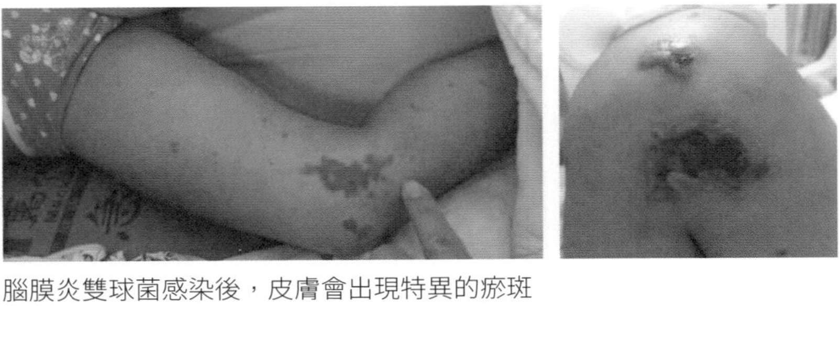

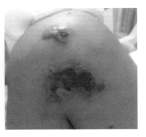

腦膜炎雙球菌感染後，皮膚會出現特異的瘀斑

此疫苗的使用應符合官方建議
*第一劑的接種不應早於 2 個月大。尚未確定 Bexsero 在年齡 8 週以下嬰兒中的安全性和療效。資料無法取得
†萬一發生延誤，追加劑不應於 24 個月大後接種。
‡沒有年齡 ≥50 歲的成年人資料

表二、**4CMenB** 疫苗之接種建議

年齡	基礎劑	追加劑	建議接種時程
2至5個月	2劑	1劑	2、4、12-15個月 3、5、12-15個月
6至11個月	2劑	1劑	6、8、12-15個月 7、9、12-15個月
12至23個月	2劑	1劑 基礎劑與追加劑之間應間隔12至23個月	13、15個月
2至10歲	2劑	持續暴露於感染風險者，可以考慮追加接種1劑	2劑基礎劑間隔至少4週
11歲以上與成人	2劑	持續暴露於感染風險者，可以考慮追加接種1劑	2劑基礎劑間隔至少4週

台大小兒感染科李秉穎教授

9. 昔日大腹嬰巨腸，今成挺拔俊俏郎

小時候罹患**嬰幼兒巨結腸症**的小病患，前來注射兒童新冠肺炎疫苗，如今他已長成高大挺拔的國中生，還是學校的足球代表隊，乍看之下難以和兒時瘦弱的樣子加以聯結，直到媽媽走進診間前來致謝，才猛然想起過去的一段往事！

彼時小朋友年方三歲，因大腹便便及長期便祕，被母親帶至我的診所求診，幫他做肛診時，發覺肛門括約肌非常緊實，當手指抽離時，一坨糞便傾瀉噴出，再看過家長自帶而來的X光片，心中已有腹案。經轉介到東元醫院做鋇劑攝影後確診，再將其轉介到林口長庚醫院小兒外科接受開刀。因爲擔心腸子切除過多，會造成**短腸症候群**（**short bowel syndrome**），導致吸收不良？因而手術分兩階段施行，首先將切除的腸子尾端，接到肚皮做一個「造口」，等到大腸長到一定的長度，再和肛門口尾端縫合。因此有一段時間，媽媽每天要處理從肚皮排出的糞便，看到自己乾癟瘦小的小孩，受此折磨，不禁以淚洗面，深怕小孩中途夭折，無法順利成長？

我翻閱文獻並向兒外醫師請益，提供家屬一些營養及照顧上的建議，後來陸續在幫他診療一般疾病及注射預防針時，看著他逐漸茁壯成長，後來可能身體康健就少來看病了！多年後突然重見面，看到如今他長得如此健壯，還成爲運動健將，眞是喜不自勝，一股難以言喻的成就感油然而生，母親隨後不住的感謝之聲也於焉欣然接受！

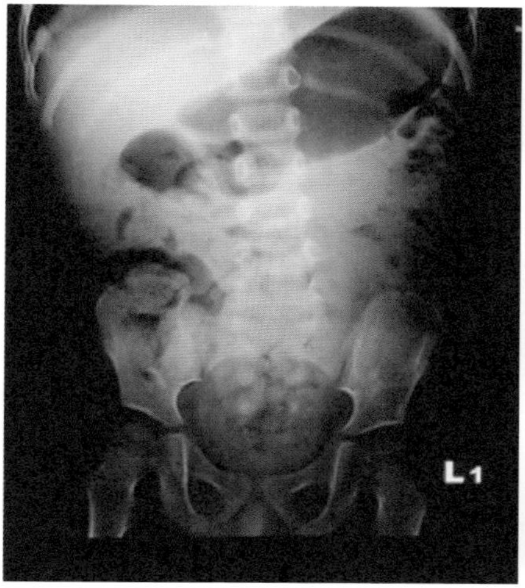

X光片顯示結腸因缺乏神經，無法蠕動收縮導致膨大變形

韶光飛逝，「浮雲一別後，流水十年間」，與病童久別重逢，「歡笑情如舊」，然而「蕭疏鬢已斑」！行醫過程的點滴，恰成老來回憶最佳的養分！

（106.6.29）

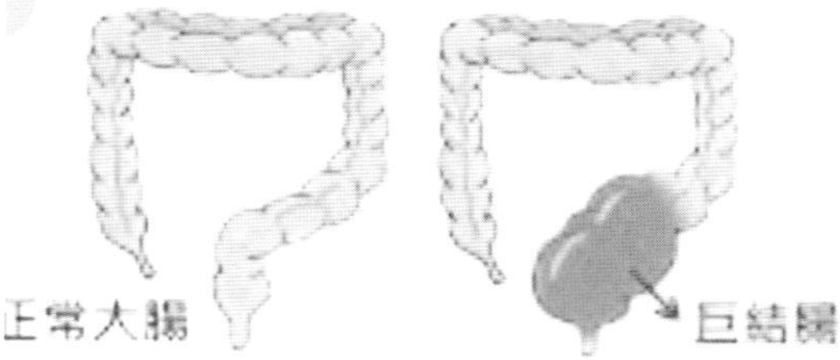

10. 搖啊搖，搖到奈何橋
（嬰兒腦部搖晃症候群）

最近發生在竹縣的憾事，十八歲年輕父親，因小孩哭鬧不休，心煩氣躁，將其劇烈搖晃，意圖制止哭鬧，不意造成**「嬰兒腦部搖晃症候群」**，傷害了一條無辜的小生命！東森新聞台記者特來採訪，請教我的意見。

嬰兒腦袋重量占全身1/4（成人僅1/10）；且腦部含水量高，腦組織相對比較柔軟及脆弱，加上頸部肌肉鬆弛、發育仍未完全，當遭受高速晃動及加減速運動時，易牽扯到血管，造成腦部缺血及缺氧，甚至腦血管斷裂、腦出血、腦水腫、腦壓增高……等症狀；嚴重時還會造成死亡！卽便存活也會留下智障、失明、運動發育遲緩、語言發展障礙、癲癇……等諸多後遺症。

父母平常抱小嬰兒時，要支撐其頸部；避免前後劇烈搖晃、前後旋轉、拋接、掌摑臉頰……等危險動作。坐車時也要放置在專門的兒童安全座椅上；背小嬰兒時最好放置在前方並覆蓋其頸部；遇到車子緊急剎車時，要注意支撐其頸部，避免慣性作用導致頭部急速前傾。

父母逗小孩玩樂的無心之過；或因小孩哭鬧不安時，失去理性的搖晃，都可能造成無可彌補的終生憾事！不可不愼！切莫**「搖啊搖，卻搖到了奈何橋？」**

（108.11.12）

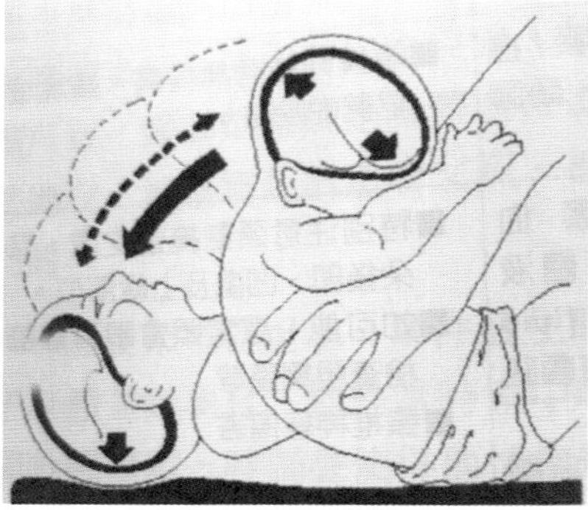

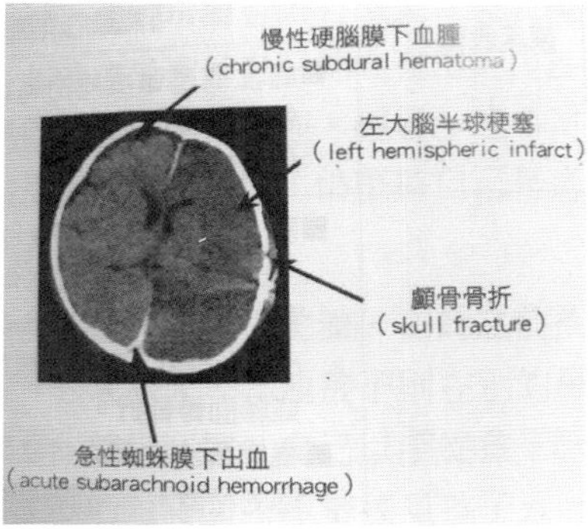
慢性硬腦膜下血腫
(chronic subdural hematoma)
左大腦半球梗塞
(left hemispheric infarct)
顱骨骨折
(skull fracture)
急性蜘蛛膜下出血
(acute subarachnoid hemorrhage)

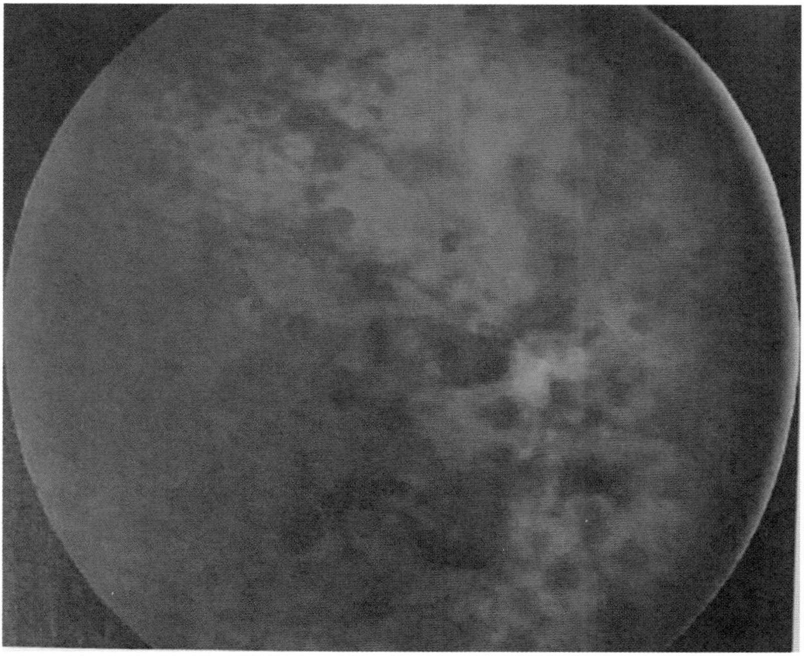

眼底鏡顯示眼底出血

11. 此痛本應老人有，免疫低下常得聞

下午到台北參加新型帶狀皰疹疫苗（shingrix）上市發表會，廠商重磅投資，衆星雲集，包括國衛院林奏延董事長、台大兒童醫院黃立民院長、皮膚科醫學會趙曉秋理事長、家庭醫學會黃信彰理事長、基層協會林應然理事長……等均應邀出席！

帶狀皰疹是因爲小時感染過（Varicella-Zoster Virus, VZV）**病毒**，第一次發作的表現是**水痘**，痊癒後病毒潛伏在背根神經節，年老體弱或免疫力低下時，病毒再度活化就成爲**帶狀皰疹**（俗稱**皮蛇**），引發的神經痛難以忍受，往往持續甚久（可以長達數月甚至數年）；如若侵犯眼部，甚至可能有失明風險！而且曾經得過者，再發的機率甚高。據統計99.5%大於50歲的成年人皆感染過VZV，意謂皆存在罹患帶狀皰疹的風險，不可不慎！

這型新型疫苗爲**死菌疫苗**，需間隔兩個月**施打兩劑**，因爲選用特異免疫反應佳的醣蛋白抗原（gE），及添加了增強免疫反應的特殊佐劑（MPL和AS01b），相較於傳統的活性減毒帶狀皰疹疫苗（ZVL）保護力更佳、抗體持續力更久！同時取得18歲以上免疫低下者的適應症，施打的年齡層更爲廣泛。只是一劑八千多塊，所費不貲！但只要得過帶狀皰疹，體驗過那種痛不欲生感覺的人，應該都會願意花錢消災！

會場上還碰到以前北榮兒科傑出的學弟，現任嘉基兒科主任的王壯銘醫師、樹林開業的林岳宏院長、及在臺南開業的侯世婷學妹，相見敍舊甚歡，度過一個愉快的下午！

（111.8.27）

新一代
狀疱疹疫苗

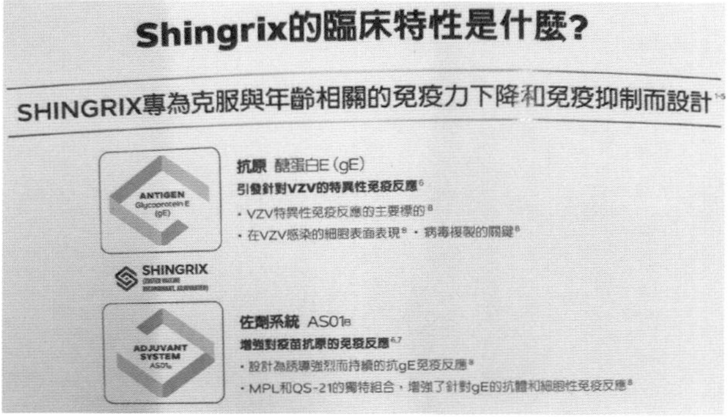
Shingrix的臨床特性是什麼?
SHINGRIX專為克服與年齡相關的免疫力下降和免疫抑制而設計
ANTIGEN
Glycoprotein E (gE)
抗原 醣蛋白E (gE)
引發針對VZV的特異性免疫反應
• VZV特異性免疫反應的主要標的
• 在VZV感染的細胞表面表現・病毒複製的關鍵
SHINGRIX
ADJUVANT SYSTEM
佐劑系統 AS01B
增強對疫苗抗原的免疫反應
• 設計為誘導強烈而持續的抗gE免疫反應
• MPL和QS-21的獨特組合，增強了針對gE的抗體和細胞性免疫反應

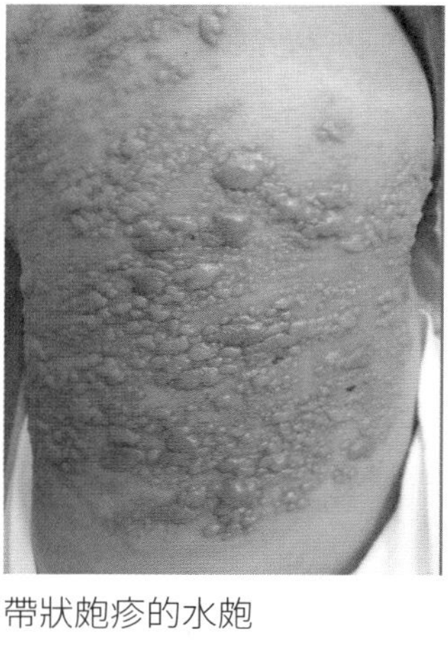

帶狀皰疹的水皰

12. 惟精惟一，允執厥中；一生專精一種疾病的醫生

嬰幼兒發燒不退，一般父母都怕燒壞腦袋；其實還有另一種「**川崎病**」，是會燒壞心臟！這種疾病是在1967年由日本兒科醫師川崎富作博士所發現，醫學界爲了紀念他的貢獻，因而將此疾病以他的名字命名。

以前在北榮兒科擔任住院醫師時，川崎博士曾應中華醫學會邀請，前來台灣訪問演講，當時由我和幾位兒科同僚負責接待，彼時初出茅廬，對這種世界級的大師，充滿了好奇及景仰，而他本人幽默風趣，絲毫沒有架子，也很樂於與我們這些年輕醫生溝通交流！

記得他曾告訴我們「川崎病」的發現經過：在一個冰天雪地的夜晚，他服務醫院的急診室，照會他去處理一個高燒多日不退、皮膚出疹、結膜充血、嘴唇乾裂、頸部淋巴結腫大的小孩，起初他也看不出個所以然來，只把它當作一般病毒感染疾病，但之後陸陸續續出現了許多類似的病例，憑著他敏銳的觀察力，收集了諸多相關個案後，投稿到世界兒科醫學雜誌，將它視爲一種新的疾病，這種疾病發病原因不明，因會引起皮膚黏膜、淋巴結、和全身性血管病變，所以他將其稱之爲「**急性發熱性黏膜皮膚淋巴結症候群**」，其中最危險的併發症是造成心臟的血管發炎，須早期注射血清免疫球蛋白（**IVIG**）及口服抗血栓藥物，以避免產生冠狀動脈瘤！

一開始文章未被接受，遭到退稿的噩運，但他鍥而不捨，持續投稿，最後終獲認可。爲了紀念他的貢獻，國際醫界將此疾病以他的名字加以命名！之後引起全世界廣泛的注意，各國對此疾病的研究如星火燎原，還組成了「世界川崎病醫學會」，各項研究成果燦然大備！也確立了他在學術上屹立不搖的地位。

「哲人雖已逝，典型在宿昔」一位如沐春風的醫學先進，一個醫學勵志的故事，交會在我還是小學徒醫師的歲月！

無獨有偶，在國內也有一位高雄長庚的郭和昌教授，多年前在楊崑德教授及王志祿醫師的指導之下，對此疾病產生興趣，皓首窮經，努力鑽研，並組成「川崎病協會」，大力推廣介紹此病不遺餘力，現已成國內研究「川崎病」的泰斗！梧鼠五技而窮，從他身上我學習到，一生只要專精一種疾病，也能夠對醫學產生莫大的貢獻！

在兒童免疫學會上有幸結識郭教授，有感於他的研究熱誠，會對他主持的協會做不定時的捐贈，今天收到他所致贈的書籍及繪本，不勝興奮！

祝福他精益求精，學術成就能夠更上一層樓！

（111.12.21）

川崎病發現人川崎富作博士

高雄長庚小兒科郭和昌教授

13. 越抓越癢、越癢越抓（異位性皮膚炎的新型治療）

中午參加賽諾飛（SANOFI）藥廠舉辦的「異位性皮膚炎」新型藥物——生物製劑杜避炎（Dupixent）的研討會！

異位性（atopy）皮膚炎（簡稱AD），原來的意思是no-place-ness（a=no, top=place, y=ness），意指無法加以適當歸類的皮膚疾病！AD最主要的問題是皮膚代謝與保護功能異常，導致角質層含水量減少及皮膚天然油脂含量下降。使得皮膚呈現乾、癢的現象，而且越癢越抓、越抓越癢，變成一個惡性循環？傳統治療包括保濕劑、乳液、抗組織胺、局部塗抹類固醇藥膏、局部塗抹免疫調節劑藥膏（例如tacrolimus）；甚至照光治療，免疫抑制劑（如cyclosporine），益生菌……等，對於中重度的AD往往效果不彰？

免疫抑制生物製劑杜避炎（Dupixent），經由皮下注射，可以**抑制第二型免疫反應**（TH2）**中細胞激素（IL4, IL13）訊息的傳遞**，進而阻斷發炎免疫反應，顯著改善臨床搔癢的症狀！只是所費不貲，健保使用門檻又高，短時間內恐難普及使用？不過提供了臨床上對頑固型AD，另一種治療的選擇！

（111.12.21）

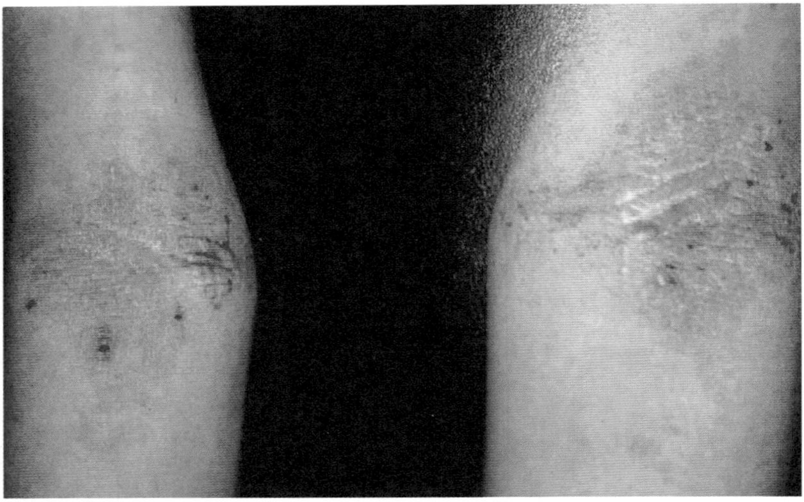

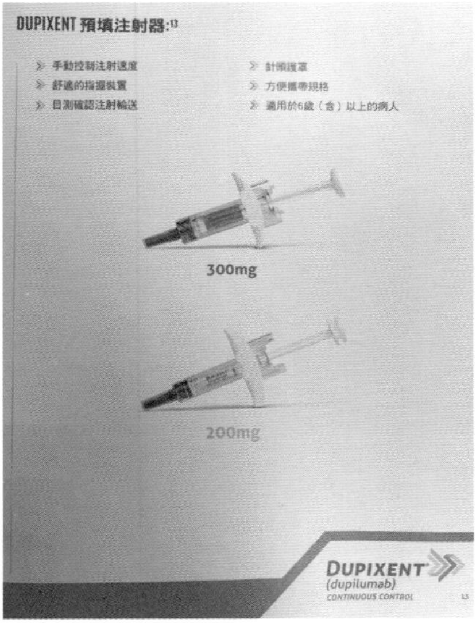

表二・異位性皮膚炎的治療方式

異位性皮膚炎的第一線治療

- 保濕劑（C）——改善皮膚障壁功能，減少類固醇使用量
- 局部塗抹類固醇藥膏（A）——間歇性使用?
- 抗組織胺藥物（C）——止癢，改善睡眠品質，改善免疫體質
- 抗生素藥膏（D）——局部擦 mupirocin 或 fusidic acid
- 局部塗抹免疫調節劑藥膏（A）——tacrolimus、pimecrolimus 等

異位性皮膚炎的第二線治療

- UVB 或 UVA/UVB 混合紫外線光療（A）
- 口服或注射類固醇治療（B）
- 窄波段 UVB（311）紫外線光療（D）

異位性皮膚炎的第三線治療

- UVA 紫外線光療，包括：
  口服PUVA（A）、泡澡PUVA（B）、UVA-1 紫外線光療（A）、血漿換洗光療（D）
- 避免過敏原：
  禁吃含過敏原食物（B）、減少塵蟎（B）
- 免疫抑制劑治療：
  Azathioprine（C）、Cyclosporine（A）、Mycophenolate mofetil（E）
- 濕敷
- 口服 gamma linolenic acid
- 煤焦油
- Ketotifen 治療
- 白三烯素阻斷劑（Leukotriene antagonists）
- 丙型干擾素（Interferon gamma）治療
- Sodium cromoglycate 治療
- Hydroxychloroquine、chloroquine
- IVIG
- Propylthiouracil
- 局部塗抹 DNCB
- 中藥或其他草藥
- 益生菌（probiotics）

表中的A、B、C、D、E係指以實證醫學的方法檢視醫學文獻中證實此治療效的證據強度：A表示已有大型臨床雙盲對照研究證實此治療有效；B為大型臨床試驗（超過20個以上的病例數）證實此治療有效；C為小型（病例數少於20）臨床試驗或許多案例報告發現此治療有效；D為有一系列案例報告發現此治療有效；E則只有零星案例報告（小於5例）。

14. 秋風起兮喘鳴揚

談氣喘病短效型支氣管擴張劑（SABA）的避免濫用

將前一陣子演講的內容，寫成衛教文章，投書自由時報健康醫藥版，今日刊登（110.10.17），將其內容分享於後：

原文——

「秋風起兮喘鳴揚」

隨著天氣轉涼，氣喘病患又紛至沓來診間報到，氣管因收縮產生的哮喘聲，不絕於耳！氣管受到各種內外在因素（如接觸過敏原、病毒感染、空氣汙染、情緒誘發……等）的刺激，誘發支氣管上的平滑肌收縮，使得呼吸道狹窄痙攣，同時因管壁的黏液分泌增加，會導致急性呼吸窘迫，誘發氣喘病的發作。

此時，治療的首選藥物爲短效型支氣管擴張劑（Short Acting Bronchodilator Agent，簡稱SABA）。此等藥物在氣喘病發作時，具有快速擴張支氣管，緩解呼吸窘迫的作用，可作爲急性救命之用！

然而氣喘病的發作，分爲兩個階段，起初幾個小時，主要表現是支氣管收縮；隨之而來的是長達數個月的**慢性支氣管發炎**反應，前者如冰山浮現在海面上的一小塊；後者才是隱藏在海面下冰山的主體！若只解決前段的支氣管收縮，而未處理後段的氣道慢性發炎，久而久之氣管就會纖維化，導致呼吸道重塑變形，肺功能喪失。

因此若單純使用SABA，甚而過度依賴，沒有正確處理後續呼吸道慢性發炎，是錯誤的治療方式，反而不利於氣喘病的控制？正如同「**水能載舟，亦可覆舟！**」

SABA藥物在藥理學上，要能正確發揮其作用，是要靠支氣管壁上的接受器，跟藥物相結合。但當過度使用（每日噴劑使用次數過多），會導致這些接受器被占滿，使得新進入的藥物沒有位置可以相結合；甚至使得接受器產生反轉減少的效應，結果藥物要越噴越多下，甚至到後來噴了都沒效？此時若仍依賴此種吸入劑，而未能趕赴急診求救，會有致命之虞？名歌星鄧麗君，據聞氣喘病發作致死前，手上仍緊握一支SABA吸入劑而不放，未能及時就醫，導致香消玉殞，就是慘痛的教訓！

廣告用詞「斯斯」有兩種，而氣喘吸入劑其實也有兩種，單純的SABA及**類固醇吸入劑或複方**，而唯有後者才能正確控制氣道慢性發炎反應！有專家在幫氣喘病患者做支氣管鏡檢查時，同步予以施行病理切片化驗，顯示僅使用SABA吸入劑治療，會導致氣管纖毛喪失，上皮細胞排列紊亂，淋巴球發炎細胞浸潤，纖維母細胞增生，導致後續的氣管纖維化及硬化，造成不可逆的肺功能損傷；反之若有使用含類固醇的吸入劑，因類固醇藥物本身具有很強的抗發炎作用，三個月後，氣管纖毛重生，上皮細胞排列井然有序，發炎細胞及纖維組織均大量減少，呼吸道恢復舊觀。

就如同一壺滾燙的開水，只使用SABA藥物，就好像在水壺上澆冷水，只能暫時冷卻水壺的溫度；根本解決之道，是要使用滅火器（含類固醇的吸入製劑），撲滅水壺底下的火焰，才能徹底降溫！但有些家長聞類固醇而色變，極度抗拒此類藥物？殊不知類固醇吸入劑，劑量甚微，且吸入後只作用在氣管而不會作用到全身，具有良好的抗發炎作用！使用吸入劑型，可說是取其利而去其弊！病患切莫知其然而不知其所以然，諱疾而忌醫，延誤了治療的時機？

單純僅用SABA噴霧劑治療，只能揚湯止沸；使用含單純類固醇製劑或併用長效型支氣管擴張劑的複方，才能釜底抽薪！

（110.10.17）

治標不治本
短效型支氣管擴張劑別濫用

文／陳壽祥

隨著天氣轉涼，氣喘病患增多，氣管因收縮產生的哮喘聲，成為病患的夢魘。

氣管受到各種內外在因素，如接觸過敏原、病毒感染、空氣污染、情緒誘發等刺激，誘發支氣管上的平滑肌收縮，使得呼吸道狹窄痙攣，同時因管壁的黏液分泌增加，會導致急性呼吸窘迫，導致氣喘病發作。

治療的首選藥物為短效型支氣管擴張劑（簡稱SABA），此等藥物在氣喘病發作時，具有快速擴張支氣管，緩解呼吸窘迫的作用，可用於急性救命之用。

未處理氣道慢性發炎 肺功能恐喪失

氣喘病發作時，可分兩個階段，起初幾個小時，主要表現是支氣管收縮；隨之而來的是長達數個月的慢性支氣管發炎反應，若只解決前段的支氣管收縮，而未處理後段的氣道慢性發炎，久而久之氣管就會纖維化，導致肺功能喪失。

過度依賴 反不利控制氣喘病

因此，若單純使用SABA，甚而過度依賴，沒有正確處理後續呼吸道慢性發炎，是錯誤的治療方式，反而不利於氣喘病的控制。據聞名歌星鄧麗君氣喘病發作致死前，手上仍緊握一支SABA吸入劑而不放，未能及時就醫，導致香消玉殞。

如同一壺滾燙的開水，只使用SABA藥物，就好像在水壺上澆冷水，只能暫時冷卻水壺的溫度；根本解決之道，是要使用滅火器，例如含類固醇的吸入製劑，撲滅水壺底下的火焰，才能徹底降溫！

只用SABA噴霧劑治療氣喘，無法根治，唯有使用含單純類固醇製劑或併用長效型支氣管擴張劑的複方，才能釜底抽薪。**（作者為中國醫藥大學新竹附設醫院兒科醫師）**

◎病童使用吸入型藥物時若吸力不足，可搭配使用呼吸輔助器，以確保藥物能確實吸進肺部；圖為情境照。
（照片提供／陳壽祥）

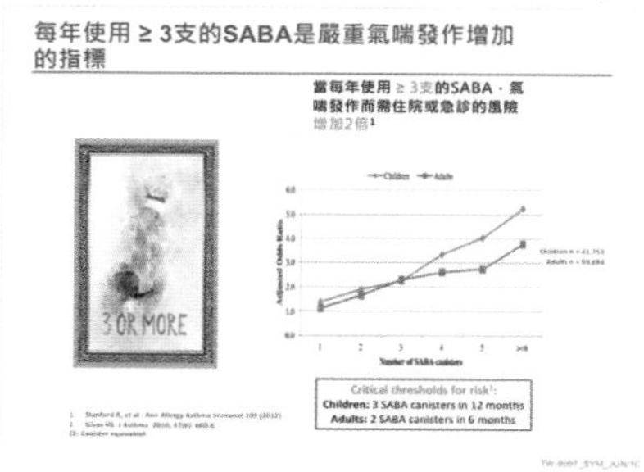

每年使用 ≥ 3支的SABA是嚴重氣喘發作增加的指標
當每年使用 ≥ 3支的SABA，氣喘發作而需住院或急診的風險增加2倍[1]
3 OR MORE
Number of SABA canisters
Critical thresholds for risk[1]:
Children: 3 SABA canisters in 12 months
Adults: 2 SABA canisters in 6 months

氣喘的急性發作，有如冰山浮在水面上的一小塊，而氣道的慢性發炎有如水面下的冰山主體，才是造成氣管受損的主要因素

15. 一兼二顧，摸蛤仔兼洗褲

今天（10/5）中午，到新竹市芙洛麗飯店，幫新竹市診所協會社區醫療群演講，題目是2021 GINA update.

所謂**GINA是指**Global Initiative for Asthma，是世界衛生組織和美國國家衛生院聯合成立的**全球氣喘創議組織**，每年都會定期編寫氣喘治療準則，作爲全球治療氣喘疾病的依據！

過去治療的方式，會在急性期開立一支**短效型支氣管擴張劑**（Short Acting Bronchodilator Agent，**簡稱SABA**）；並在恢復期另外開立一支**吸入型類固醇**（**單方或合併長效型支氣管擴張劑的複方**），來控制氣道慢性發炎。但如此一來病人變成雙槍俠，隨身要攜帶兩支吸入型藥物？

2021年改版的重點，在於強調氣喘病依嚴重度分級，不論第一階至第五階，皆以含長效型支氣管擴張劑（formoterol）合併吸入性類固醇的複方吸入劑，做爲**急性緩解**（**reliever**）及**慢性抗發炎**（**controller**）的首選藥物！因爲formoterol這種藥物，起始（onset）反應快速；且藥效持續長久，兼具短、長效支氣管擴張的功效！二合一複方製劑，就如台語所說，「**一兼二顧，摸蛤仔兼洗褲**」。既可以避免對於（SABA）長期過度的依賴，也可避免因爲分開二支製劑使用時，因惰性而未能切實遵照醫囑，導致吸入的劑量不足，反而不利於氣喘病的控制？

疫情關係，已經許久沒有參加實體會議？視訊會議雖免去舟車勞頓之苦，但總覺缺乏實際參與感，也少了與同儕社交的功能！

希望疫情早日消褪，大家生活能夠回歸常軌！

（110.9.19）

16. 台上三分鐘，台下十年功

應桃園診所協會的邀請，至署立桃園醫院幫他們會員講解「健康肺——氣喘卓越計劃」，氣喘試辦計劃如何成功收案及申報，並在符合遊戲規則之下，合理合法的向健保署領取額外的經費！

「**台上三分鐘，台下十年功**」，雖然談笑風生中輕鬆略過，卻也是累積二十年摸索經驗的心得！有時去聽一場有內容的演講，有如吸星大法，瞬間吸收他人智慧的結晶，何樂而不爲？

主持人姜博文院長，在校時小我兩屆，本就熟識，也是我大學同學的妻舅！現任桃診協理事長，旗下經營六家診所，軍容壯盛，眞是後生可畏！

演講中告訴聽講的醫護同業，慢性氣喘病的治療，除了**揚湯止沸**（使用支氣管擴張劑），還要**釜底抽薪**（使用抗發炎藥物），才能避免**氣管的纖維化**，**最終導致氣道的重塑變形**，造成肺功能不可逆的變化！同時不要畏懼開立這些高價藥物，若要避免被健保局核刪，最重要的還是病歷的書寫，只要內容符合氣喘臨床治療指引（GINA guideline），基本上都是可以過關的；即使不幸遭到核減，也要勇於書寫申覆文件，只要能引經據典，言之有物，仍有機會獲得補付。

演講中並整理了九條長期維繫病患規律返診的經驗和心得，戲稱「獨孤九式」！希望能對同僚臨床收案有所助益！

（110.10.5）

桃園診所協會理事長姜博文醫師

17. 分享是最好的學習

參加中華民國診所協會全國聯合會舉辦的健康肺氣喘點燈計劃，擔任speaker（演講者），講述兒童及成人氣喘的診斷及病歷書寫！因疫情嚴峻，實體課程臨時改線上授課及交流！

「氣喘病」雖是老生常談，但診斷及治療上仍有盲點？**並非所有氣喘病都會有「喘鳴聲」，也不是聽到喘鳴聲就馬上診斷爲「氣喘」**？反而氣喘常以**「慢性咳嗽」**來表現！此外也要排除如：胃食道逆流、鼻竇炎、異物吸入、成人肺腫瘤、慢性肺氣腫……等導致慢性咳嗽的疾病！氣喘病如今已有很好的吸入型藥物（長效型支氣管擴張劑＋吸入型類固醇製劑），但因價格昂貴，許多同業因怕遭健保局核刪，反而作繭自縛，不敢放膽開立？

個人治療氣喘病近三十年，使用氣喘用藥未曾被核刪過，靠的是正確的診斷及用藥，另外病歷的書寫也非常重要！抽審核刪須檢付的資料只要一應俱全，讓審核委員無從挑剔，則大多可以過關；即使不幸中箭落馬，以後申覆仍可敗部復活。

今天就是分享個人臨床及實務經驗，求取向健保申報的極大化，獲得不少正向迴響！

（111.5.22）

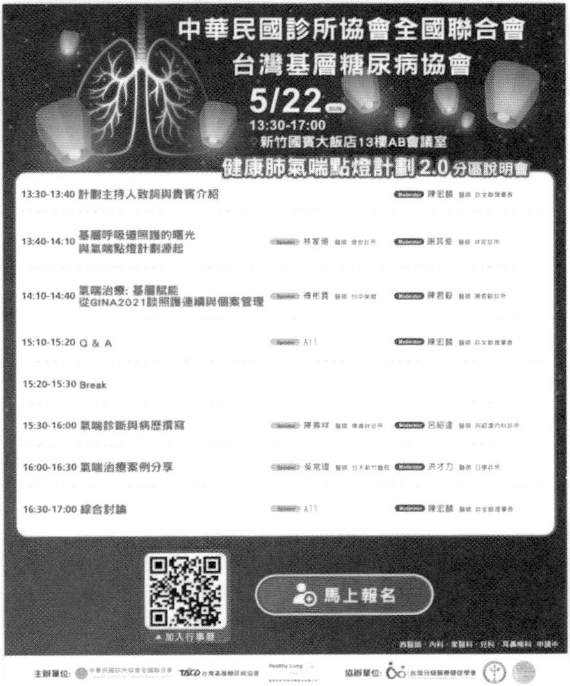

18. 春江水暖鴨先知

近日氣候轉涼，病毒大噴發，除了新冠病毒仍在攻城掠地之外；呼吸道融合病毒（RSV）、腺病毒、諾羅病毒、黴漿菌，甚至專家推測這幾年免疫欠債的流感病毒……群聚肆虐！最近這一陣子各家兒科診所大多人滿爲患，呈現許久不見的榮景！有道是「**春江水暖鴨先知**」，病毒齊發感染，確實是正在進行式！

尤其是**呼吸道融合病（RSV）**，是單股RNA病毒，和腮腺炎病毒、德國麻疹病毒同屬**副黏液病毒（paramyxovirus）**，好發於秋冬季節，此病毒主要藉由飛沫傳染及接觸感染，感染後的潛伏期爲2～8天，喜好在人類呼吸道細胞繁殖並破壞，造成發炎反應，使細支氣管水腫並發生黏液阻塞的現象。

臨床症狀常會出現喘鳴、呼吸急促、咳嗽厲害或發燒等症狀，兩歲以下的小嬰兒，常可聽到像是氣喘發作的咻咻聲，嚴重的病人甚至會伴隨著發紺、肋骨下凹陷、鼻翼搧動……等。

治療上以支持性療法及症狀治療爲主，並可使用蒸氣噴霧及潮濕氧氣輔助治療。

營養處置上要給予足夠量的飲食並維持體液、電解質平衡。對於嚴重病例要注意監測血氧濃度，若血氧濃度在給予氧氣治療之後仍出現呼吸衰竭現象，則可能需要呼吸器治療（例如氧氣帳）。

居家保健上預防比治療更爲重要，勤洗手是最有效且最重要的感染控制方式，可以減少接觸到病毒的風險；持續哺餵母乳可以提供寶寶較佳的抵抗力，也有很好的預防效果。

此外也要注意環境的衛生清潔及通風，在流行期間，盡量避免帶嬰幼兒出入人潮擁擠、空氣不流通的公共場所！

（111.10.29）

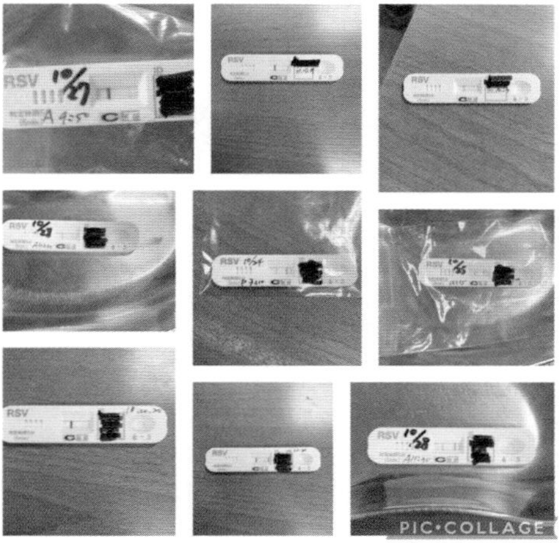

圖一、呼吸道融合病毒（RSV）快篩試劑

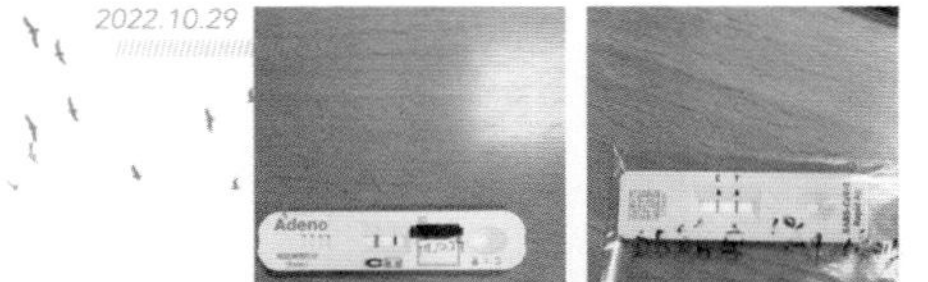

圖二、腺病毒、冠狀病毒、流感病毒、黴漿菌快篩試劑

19. 勿因噎而廢食
～道聽途說，德之棄也～

這兩週注射流感疫苗，從先前的搶打潮，一針難求；到現在民眾因新聞媒體的報導——流感疫苗注射後，疑似產生神經學後遺症，因此望而卻步，產生緩打潮？看診的心情有如經歷一場三溫暖洗禮？自己雖非什麼神經學的專家，但在看診時，還是呼籲民眾勿「因噎而廢食」！

急性多發性神經炎，或稱格林—巴利症候群（Guillain-Barre syndrome），是一種急性的周邊神經病變，可能侵犯身體的運動、感覺及自主神經系統。這類疾病又可分爲幾種不同的亞型，其中最常見的爲急性發炎性去髓鞘多發性神經根神經病變（Acute inflammatory demyelinating polyradiculoneuropathy，AIDP）。

所謂「髓鞘」是包裹在神經纖維外的一層物質，就像電線外層的塑膠皮一樣，具有保護及絕緣的效果，可以幫助神經傳導更快速有效率，所以當髓鞘受到破壞時，就會影響到神經的傳導。

什麼情況會造成急性髓鞘的損傷呢？一般認爲這是因爲身體的免疫反應出了差錯，使本來應該去攻擊病原體的免疫系統認錯目標，轉而攻擊自身神經系統，導致神經損傷，而非神經直接感染造成發炎。

疾病發生率及好發族群？

Guillain-Barre症候群是一個不常見的疾病，發生率大約爲十萬分之一點二到二點三，常發生於健康年輕人及老年人，但各個年齡層皆曾有案例報告，男女發生率約爲1.5：1。

以一個發生率甚低，且尚未完全證實與疫苗注射相關的疾病，全盤否定已接種500多萬劑的保護效果？媒體帶風向的威力，果然讓大家見識到了？

套一句網路用語，也來跟風一下！

～從極熱到極冷，這像極了愛情～

（109.10.28）

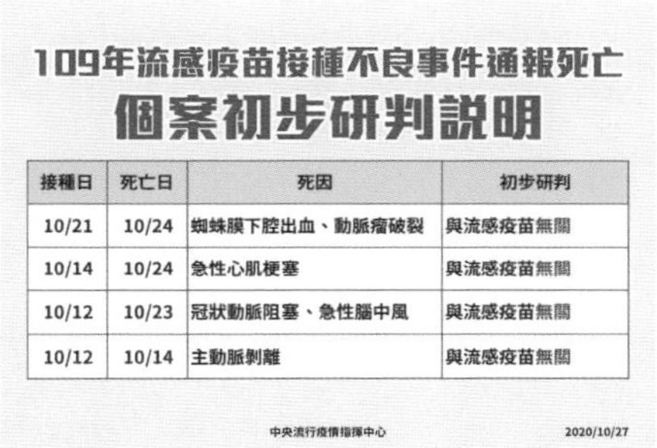
109年流感疫苗接種不良事件通報死亡

個案初步研判說明

接種日	死亡日	死因	初步研判
10/21	10/24	蜘蛛膜下腔出血、動脈瘤破裂	與流感疫苗無關
10/14	10/24	急性心肌梗塞	與流感疫苗無關
10/12	10/23	冠狀動脈阻塞、急性腦中風	與流感疫苗無關
10/12	10/14	主動脈剝離	與流感疫苗無關

中央流行疫情指揮中心 2020/10/27

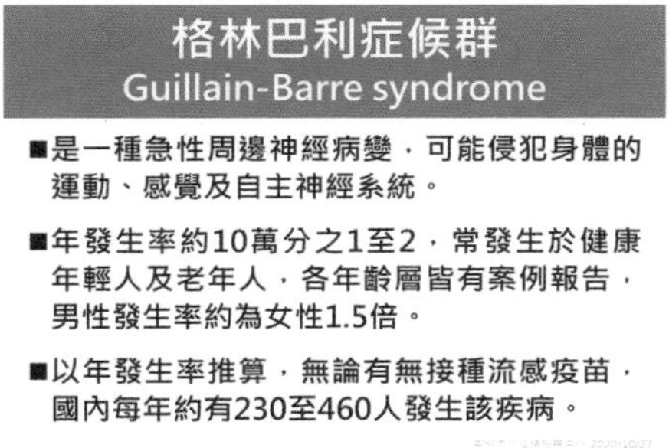

格林巴利症候群
Guillain-Barre syndrome
■是一種急性周邊神經病變，可能侵犯身體的運動、感覺及自主神經系統。
■年發生率約10萬分之1至2，常發生於健康年輕人及老年人，各年齡層皆有案例報告，男性發生率約為女性1.5倍。
■以年發生率推算，無論有無接種流感疫苗，國內每年約有230至460人發生該疾病。

20. 雙株共伴不可忽，免疫欠債終須償

今天中午在東元醫院，幫竹縣「好健康」家醫群組，演講介紹「**細胞型流感疫苗**」！Covid-19病毒感染仍舊方興未艾，與病毒共存、邊境開放的政策，致使BA.4 & BA.5 變種病毒窺伺扣關；加上這幾年皆無流感大流行，意謂國人身上多無流感抗體，專家認爲這是一種「**免疫欠債**」的現象，終會以爆發群聚感染來淸償？而一旦兩株病毒同時聚集感染，有如氣象學上的雙颱「共伴」效應，將會大肆盛行且症狀加重！

而預防這種情形發生，最好的方法卽是除了注射新冠肺炎疫苗之外，最好能再另外注射季節性流感疫苗。

傳統的流感疫苗是藉由雞胚培養，然而由於人是哺乳類動物，雞胚屬於家禽類，將流感病毒株注射到雞蛋時，爲了適應雞胚內的環境，會產生一種「**蛋適應**」狀況，抗原外觀會產生些微突變，使得將來打到人體後，刺激產生的抗體，與預期的病毒株不盡吻合，導致免疫預防效果下降！

所幸這幾年，由於醫學的進步，有一種新的細胞培養技術，不但可以避免這種疫苗株不相符的狀況，使得抗體有效性提升36%以上，製造速度更快。相較於傳統流感疫苗，還有以下的優勢：

(1) 不會產生蛋白過敏的現象；
(2) 不含生長刺激因子；
(3) 不含乳膠（不易過敏）；
(4) 製造過程無抗生素汙染的風險；
(5) 賦型劑不含甲醛，安全性較高。

同時因不需使用大量的雞蛋，解決了環保的汙染；也不受禽流感流行時雞蛋短缺或品質不佳的困擾。

而這隻疫苗今年又取得了六個月到三歲嬰幼兒的適應症，可以造福更多的人群！但一分錢一分貨，因為製造技術比較先進，所以它的價格也會比傳統的流感疫苗昂貴！

有病人問：「疫苗注射何時了？」只能說預防勝於治療，大量注射疫苗，形成群體免疫保護效果，才是預防病毒大流行的不二法門！

（111.8.15）

#免疫債
#細胞型四價流感疫苗
#蛋適應（egg adaption）

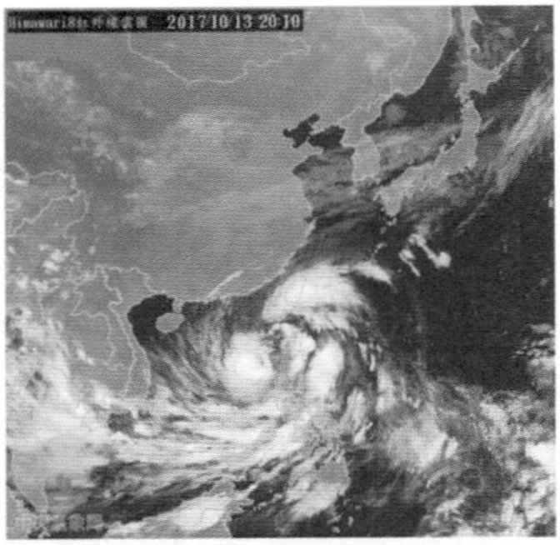

由東北風及颱風外圍環流交互作用所形成的共伴效應，往往替台灣東部與東北部帶來強降雨，甚至造成人員傷亡等嚴重災情。（中央氣象局）

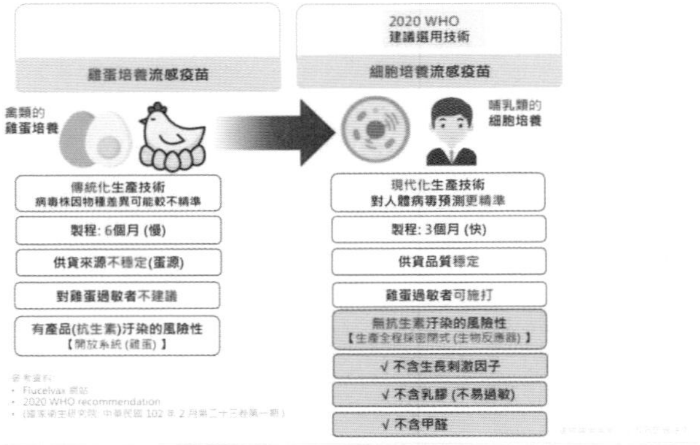

2020 WHO
建議選用技術
雞蛋培養流感疫苗
細胞培養流感疫苗
禽類的
雞蛋培養
哺乳類的
細胞培養
傳統化生產技術
病毒株因物種差異可能較不精準
製程: 6個月 (慢)
供貨來源不穩定(蛋源)
對雞蛋過敏者不建議
有產品(抗生素)汙染的風險性
【開放系統 (雞蛋) 】
現代化生產技術
對人體病毒預測更精準
製程: 3個月 (快)
供貨品質穩定
雞蛋過敏者可施打
無抗生素汙染的風險性
【生產全程採密閉式 (生物反應器) 】
√ 不含生長刺激因子
√ 不含乳膠 (不易過敏)
√ 不含甲醛
Flucelvax
2020 WHO recommendation

台灣衛福部目前核准上市四價流感疫苗

供應商	GSK葛蘭素	賽諾菲	國光	東洋 / Seqirus
疫苗品牌	伏適流	巴斯德	安定伏	輔流威適
名稱	Fluarix Tetra	Vaxigrip Tetra	AdimFlu-S	Flucelvax QUAD
產地	德國	法國	台灣	德國
劑量	0.5ml	0.5ml	0.5ml	0.5ml
價數/抗原	4 價 (2A2B)	4 價 (2A2B)	4 價 (2A2B)	4 價 (2A2B)
培養方式	雞蛋培養	雞蛋培養	雞蛋培養	MDCK細胞培養
對象	6 個月以上	6 個月以上	3 歲以上	6 個月以上
生產效率	低	低	低	高
病毒突變	有風險	有風險	有風險	極低
疫苗污染性	高	高	高	低

21. 吃果子拜樹頭

我常開玩笑的說，在少子化的今日，小兒科診所幸而夏天有**腸病毒**，冬天有**流感病毒**，靠這兩個老天賞飯吃的祖師爺，才不致門庭冷落？台語俗諺：「**吃果子拜樹頭，飲泉水思源頭！**」下午應中國人壽新竹亞威通訊處之邀，演講介紹這兩隻病毒及其防治之道！

又值流感疫苗接種的時節到來，今天幫一群保險業務員上課，強調流感疫苗注射的重要性。「斯斯」有兩種，感冒也有兩種，**普通感冒及流行性感冒**，前者症狀較輕微，主要是咳嗽、有痰、流鼻水、及輕度發燒……等；後者全身性症狀（如發燒、肌肉酸痛、肢體無力……等）較明顯，免疫力低下者容易有嚴重併發症（如肺炎、腦炎、心肌炎……等）。而流感病毒易突變，每年流行的型別都不盡相同，最好的預防方式還是每年冬天施打**季節性流感疫苗**，打疫苗如同買保險的觀念，備而不用，以防萬一！我的國、高中同學，有兩人分別均因感染流感病毒後，不幸併發**心肌炎**，而瀕臨休克及死亡，其中還有一名是醫生！切不可鐵齒而輕忽！

此外**腸病毒**在分類學上有68種：

小兒麻痺病毒（3種）

A群克沙奇病毒（23種）

B群克沙奇病毒（6種）
伊科病毒（32種）
新型腸病毒（4種，68型~71型）

臨床表現主要爲**咽峽炎**及**手口足症**，雖大多屬於輕症，但仍須注意鑑別感染七十一型**重症**時，產生的特有臨床症狀—如活力不佳、嗜睡、肌躍性抽搐、劇烈嘔吐、高燒不退……等，要及時就醫及轉診，以免釀成遺憾！

「雖小道必有可觀者焉」，走出診間，廣結善緣兼傳播衛教知識，可謂一舉兩得，不亦樂乎！

（108.10.20）

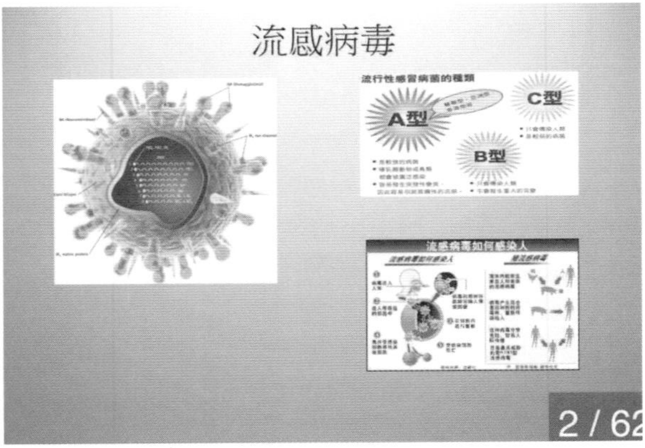

腸病毒

- **腸病毒是一群病毒的總稱**
- 包括23型A群克沙奇病毒、
6型B群克沙奇病毒、
3型小兒麻痺病毒、
32型伊科病毒、
及 68至71型腸病毒，
一共有六十幾種病毒。

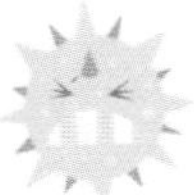

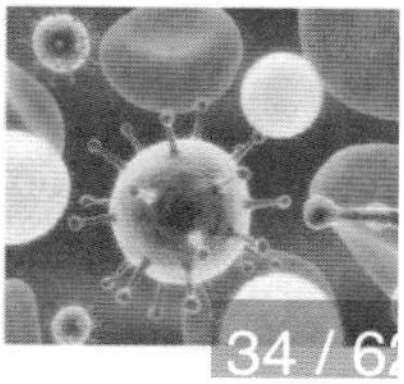

腸病毒皰疹性咽峽炎

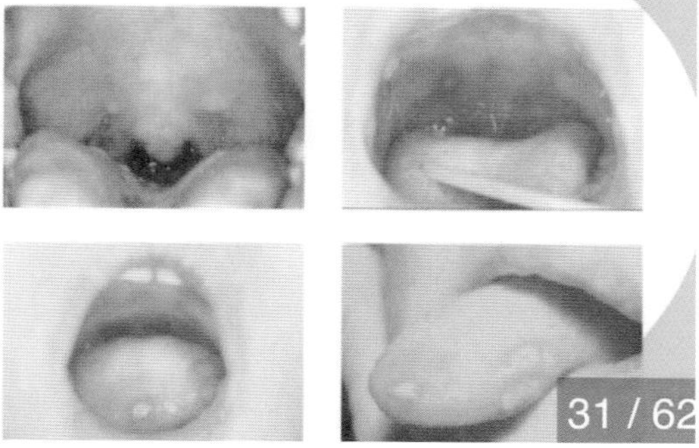

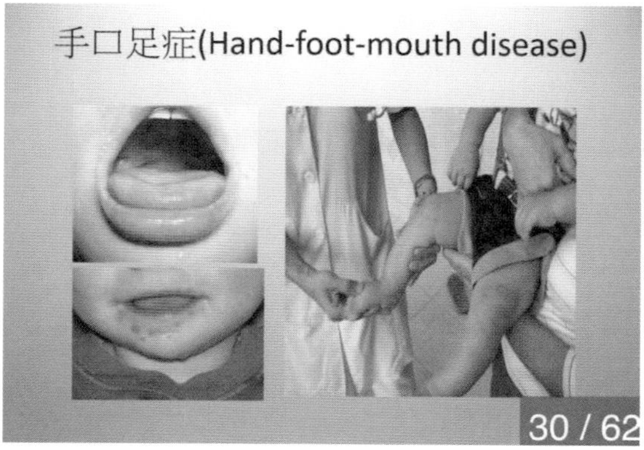

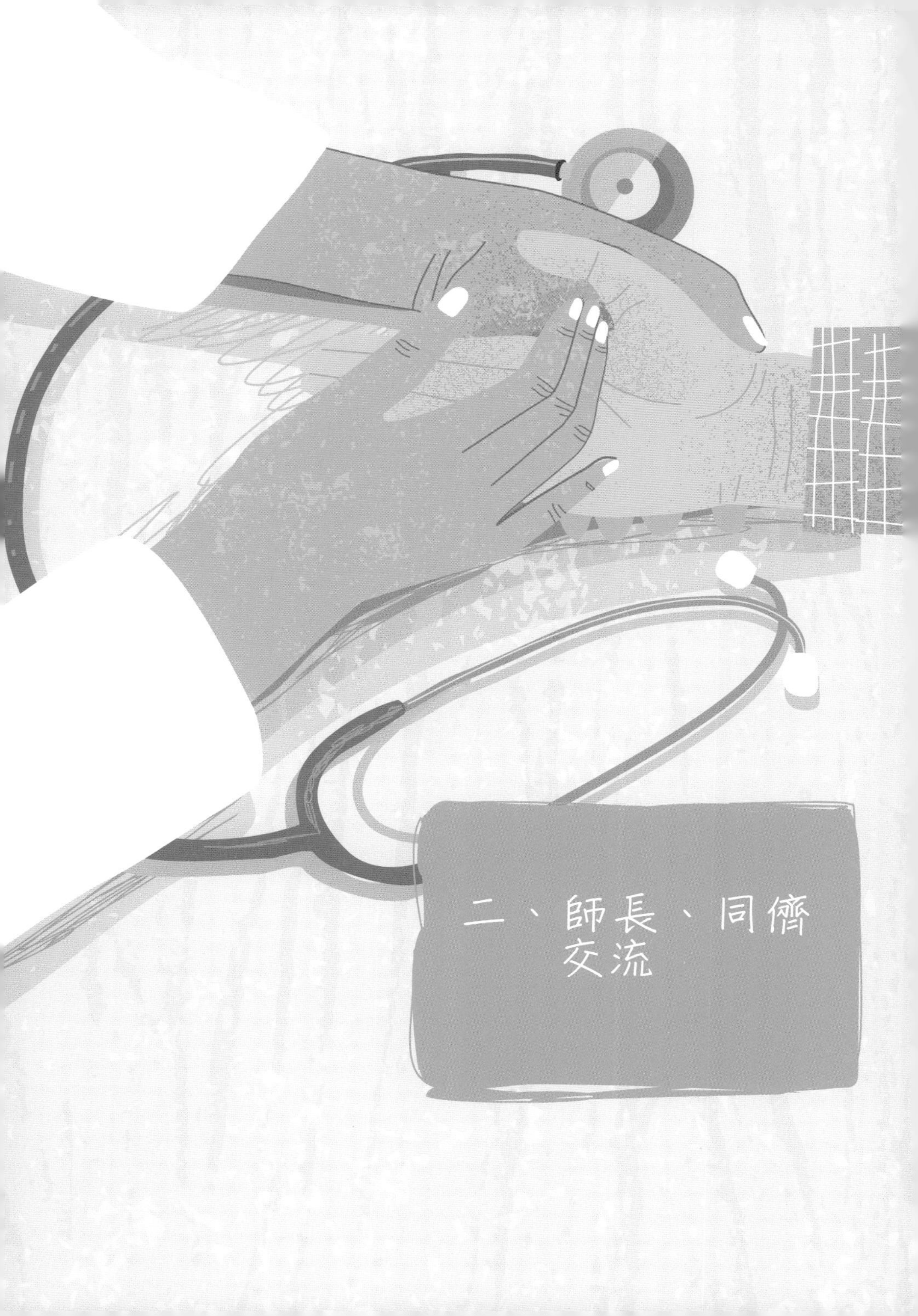

二、師長、同儕交流

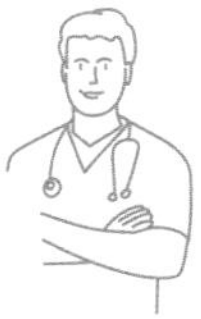

22. 桃李滿天下，春暉遍四方

今日搭乘高鐵至台南，參加兒童腎臟醫學會例會，本日適逢恩師林清淵教授生辰，眾人在分享知識饗宴之餘，順道爲其慶生，祝賀他「**松柏常青，老而彌堅！**」

猶記得三十年前考入北榮兒科，報到第一天找教授拜碼頭時，教授卽醍醐灌頂似的告誡我：「台北榮總醫師群，集結了各校的菁英，好似滿清八旗軍，但你非正黃、鑲黃兩旗出身，想要脫穎而出，就要比別人擱卡打拼（台語）！」從此謹記教誨，行醫旅程一路兢兢業業！

老師集臨床、研究、教學於一身，身兼中國醫大醫學院副院長、台灣兒童腎臟醫學會理事長，屬於台灣醫界大師級的人物！台灣目前兒腎醫學界的醫師，或多或少皆曾接受過他的指導，堪稱「**桃李滿天下，春暉遍四方**」！而我有幸曾追隨其學習，借助巨人的肩膀，墊高了自己的視野和眼界！老師訓勉我：「人活一世，就要設法讓自己發光發熱；達則兼善天下！」

有感於老師年逾古稀仍還孜孜不倦；做學生的只能望其項背不敢懈怠。努力看診造福社區民眾；行有餘力則以回饋社會！雖不能像老師論文著作等身，去年也將行醫三十年的一些心得，寫成醫學散文集《**杏林隨筆—聽診器下的呢喃**》，也承蒙老師撰寫推薦序言。

師恩山高，不敢或忘！看到老師雖屆高齡卻還神清氣爽，不禁甚感欣慰且爲其慶賀！

（109.5.31）

台灣兒童腎臟醫學會
第七屆學術研討會
无他相机

23. 師者，所以傳道、授業、解惑也

驚聞高中導師彭國亮老師仙逝，雖知老師年事已高，此一日遲早到來，但仍感震驚及不捨！他是高中時敦促我報考丙組班的推手，當年全國聯考醫學系僅有680個名額，且丙組醫農同框，不成功便成仁？因此一度猶豫是否選讀理、工科就好？老師告訴我，考試科目六科中，國文、英文、三民主義、生物是你的強項，化學中上，數學只要不要輸人太多，吊車尾的醫學系未嘗沒有可能？後來的結果果如老師所料！（該當慶幸當時是「總分制」，而非現今「級分制」的年代！）

此外因爲小時家境清苦，並無能力供學才藝，除了念書尙可外，音樂、體育、美術，無一是處，看到某些同學文武或才藝雙全，有時不免自卑感油然而生！老師在週記中提點我一句話——**「我就是我」**，扮演好自己，不必在乎他人的眼光！（還好當時以分數定生死，不用像現在的推甄制，除了學業成績要好之外，還要十項全能？）

高中時期常投稿報刊雜誌，除了舞文弄墨的興趣，爲了就是賺點稿費零用金！當時也擔任校刊編輯，老師知道後，叫我要好好準備考試了，他告訴我竹中的傑出校友，台大電機系的張系國教授，除了是電機工程師，還寫了科幻小說！**「行有餘力，則以學文！」**

有一次下課後，請教老師如何增進數學解題能力？老師竟然直白的告訴我，這個能力在小時候就要打好基礎，現在已經來不及了？但好在你不是要當數學家，只要考試能夠過關就可以，他叫我去買一本歷年大學聯考數學考古題，全部演算一遍，掌握該拿到的分數！後來聯考數學科果然考到中等的成績！

彭老師是經師也是人師，感恩高中時有幸受教於他，今天才能當醫生；同時行有餘力，得以助人！

敬祝老師一路好走，

安享西方極樂世界！

（111.3.13）

24. 杏壇留芬芳，師表永長存

今天爲高中班導彭國亮老師的告別式，在清明節的前夕，陰雨綿綿中，特別延診一個小時，來送恩師最後一程！

彭老師執教竹中凡四十多年，門生故舊遍布，可說桃李滿天下，尤其長期執教丙組班（現第三類組），不少國內名醫如台北市柯文哲市長、台大臨醫所長楊偉勛教授、前科技部副部長謝達斌教授……均曾爲其授業弟子。告別式會場冠蓋雲集，宛如竹中校友同學會，也見到不少久未謀面的同學，大家寒暄敍舊；但見年華飛逝，也不禁徒生感傷！

高中分組猶疑不決時，彭老師勉勵我，努力會有機會考上醫科；對出身家境感到自卑時，他期勉我「**天生我材必有用**」、「**將相本無種**」？出道行醫濟世後，他在臉書告誡我要「**仁心仁術**」！一個好的人生導師，確實可以指引你走入正確的人生方向！

學生感念您曾給過的教誨，師表長存！願您一路好走！

（111.3.27）

佛
心
佛
心

25. 我思故我在
（竹中傳奇名師史作檉）

讀過新竹中學的人，應該都認識史作檉（讀音撐）老師，他是竹中的傳奇人物，民國49年來到竹中教書，教授科目含括國文、歷史、音樂、美術。終生單身未婚，以校爲家，起初蝸居在學校大樓樓梯下的小房間內，**「人不堪其憂，他也不改其樂」**！退休後一直住在竹中校舍，平時在校園泳池游泳、在圖書館讀書、打球、寫作度日！

如果你夠幸運，可能上過他的課，在知識的浩瀚領域，開啟另一個世界；如果喜歡運動的，下課後可能跟他打過籃球，甚至被他架過拐子；年輕一輩的，可能會看到一個老先生在至善樓一帶慢慢散步，跟你說「年輕人加油」；或者，你曾經有過困惑找他聊天，他告訴你的事情，會從周遭世界的觀察開始說起，關照極爲全方位，是哲學家等級的思考。他著作等身（五十多本書），許多人皆受到他思想上的啟迪和影響！

在那個許多學生瘋迷笛卡兒、叔本華的年代，竹中何其幸運，不假外求，校園內就有這麼一位哲學大師，隨時供你請益！

老師如今年紀大了，加上舊疾纏身，行動略有不便？同屆中的李紹強同學，在臺灣中部經營航翊科技公司，正巧有生產碳纖維手杖，感念師恩，特別相贈助行；校友會號召一些同學前來共襄盛舉！我以前學生時代是他的粉絲，特將過去購買過的史老師著作，拿來請他簽名留念！

「山野萬籟俱無聲，曲徑通幽且獨行！」千萬個竹中學子，皆已出外闖蕩江湖；而史老師仍一如既往的守護著校園！願碳纖拐杖，助他步履堅定，一路好行！

哲人語錄

#才能是最不足恃的東西，人生中最可貴者，是出自心底那種汩汩而流出的生命力。或者說的普通一些，那就是毅力。

#所謂痛苦，就是忍受與通過。所謂通過，就是超越。所謂超越，就是領悟。所謂領悟，就是智慧。

#真正的人就是有能力通越一切，並將一切看做為過程的人。相反地，假如說有人會被任一種過程所阻，那麼他就連過程都沒有了。

#人只要努力就好了，除此以外的一切，都交付給上天。因為人本身的存在，既不是目的，也不是結果，而只是過程。

……（節錄自史老師著作）

（111.12.20）

33

26. 生死書叢似蠹魚

搬家整理舊物，找到一些發霉及被蛀的書籍。不禁想起古人所云：「沈浮宦海如鷗鳥，生死書叢似蠹魚！」

竹中校長史振鼎，曾贈書予我。他是個憂國憂民的知識分子，當時正值中美斷交、中壢事件、美麗島事件、越南淪陷……等一連串內憂外患變故紛至沓來，台灣政治情勢風雨飄搖，島內瀰漫不安氣氛。史校長在升旗朝會上，總要發表長篇大論，灌輸愛國思想教育，講述古往今來歷史、評論人物是非成敗，令我們站立聽訓半個小時以上。學生取其姓名諧音，給了他「standing」的封號！令人印象深刻，迄今難忘。後來他調任南部首屈一指的高中學府南一中，續任校長一職。

現在這種八股的陳腔爛調已難獲學子共鳴；聽說高中朝會也都已取消，這樣的場景將不復存在！

（111.1.15）

A READING SPECTRUM

Progressive Reading Series

Book Four

by

Dr. Virginia French Allen
Temple University

英 語 進 階 讀 本 第四冊

編　著：美國之音英語教學部
發行人：曾　兆　豐
出版者：學生英文雜誌社
登記證局版臺誌字1134號
發行所：學生英文雜誌社
臺北市館前路59號
電話：3310215, 3715572
郵撥帳戶第13294號
中華民國六十五年九月再版

27. 故友相逢樂未央

假日至竹北喜來登飯店，參加「李慶雲疫苗基金會」舉辦之疫苗研討會，會議主持人爲中醫大附設兒童醫院新生兒科林鴻志主任，協辦單位葛蘭素藥廠的業務先前過來邀約時，說到林教授特別指名要與我見面，頓時覺得受寵若驚，故欣然與會！

與林教授的結識，要追溯到二十多年前，當時跟隨臺灣新生兒醫學會，赴大陸的瀋陽、北京參加第一屆海峽兩岸新生兒論壇，會中也報告了一篇論文，並因此得到兒科醫學會的「美強生國際旅行獎」。或許同爲中醫大校友，也訝異我身處區域醫院，竟然能到學會上提報論文，所以一路攀談，彼此對對方有了深刻的認識！不過回台後，因爲各自忙碌，也就疏於聯絡了！

此次久別重逢，相談甚歡，得知林教授志在參選下屆新生兒科醫學會理事長，謹祝其高票當選！

會中又碰到一幫新竹地區傑出的兒科醫生，碰巧都剛好是中國醫大前後期畢業的校友，再次證明「中國一定強」！

（108.8.5）

中國醫大附設兒童醫院新生兒科林鴻志主任

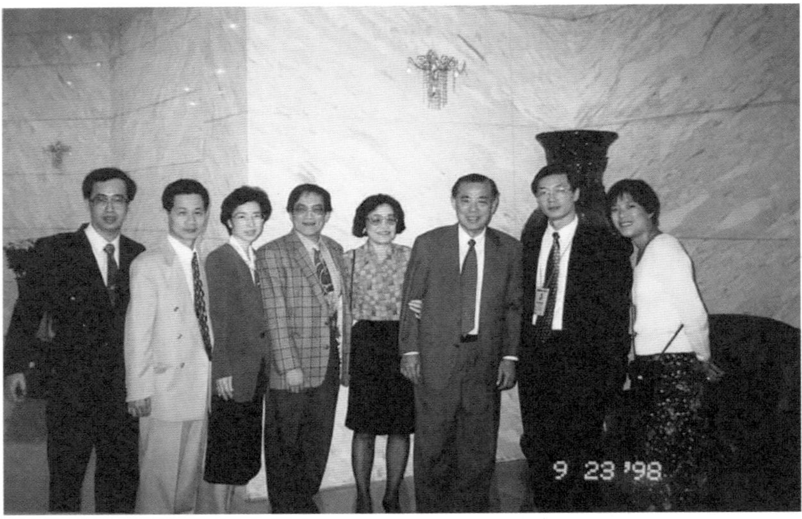

28. 螢燭之光與日月同輝

參加臺灣兒童過敏氣喘免疫及風濕病醫學會、暨謝貴雄教授紀念學術研討會！現場星光熠熠，國內有名的大師、教授，悉數雲集，螢燭之光與日月同輝，深感榮幸之至！

尤其見到兒科名筆，敍事醫學專家，長庚兒童醫院林思偕教授，我們互贈著作，誰說文人一定相輕，也可惺惺相惜！爲我書籍撰寫推薦序言的台大兒科江伯倫教授、土城長庚的黃璟隆院長、台北馬偕的徐世達主任、高醫大洪志興教授、高雄長庚川崎病泰斗郭和昌教授、彰基蔡易晉教授、林口長庚歐良修、葉國偉部長……！更興奮的是見到多年不見的大學同學兼室友——台北長庚兒科顏大欽主任，及在台南開業的李孟峰同學，開業大戶苗栗吳昆展院長、中壢曹景雄院長。得與他們同框合影，歡喜莫名！醫學會除了學術功能之外，還提供了聯誼及友情交流，貢獻不可磨滅！雖然有時場外聊天人士總比場內聽講者多；及許多拿回家總嫌「占位」的贈品及開會演講的秩序手冊，如何處理，偶爾會有些惱人？

（109.9.6）

長庚小兒過敏氣喘科林思偕教授

台大小兒科江伯倫教授

左邊高醫大小兒免疫科洪志興教授、右邊彰基小兒免疫科蔡易晉主任

29. 士別三日，刮目相看

今日中午到東元醫院兒科論壇，聆聽國衛院林奏延董事長及長庚兒童感染科陳志榮教授，演講新冠肺炎疫苗。

陳志榮教授還是住院醫師時，曾輪調至東元醫院，接受過我短期的指導，時隔二十多年，他已成兒童感染科的巨擘！眞是**「士別三日，刮目相看！」**今天他的演講也是條理分明，鞭辟入裡，使人茅塞頓開，對於各家新冠肺炎疫苗，有了更深刻的認識，可說不虛此行！

趁著記憶猶新，摘錄今天演講的重點：

(1) 由於疫苗製造的進步，只需打入病毒抗原的部分基因片段（m-RNA），即可刺激人體產生有效的抗體，縮短了製程，使得短時間內卽有那麼多疫苗問世。

(2) 現行疫苗的製造方法，有：

◆不活性減毒（**滅活性**）**疫苗**（如大陸科星）

◆**基因**（m-RNA）**疫苗**（如美國輝瑞、莫得納）

◆**腺病毒載體疫苗**（如英國AZ疫苗）

◆**蛋白質疫苗**（如Novavax，台灣高端疫苗）

由於中國製新冠肺炎疫苗是運用滅活性的技術，「滅活疫苗」製作技術門檻不高，只要將病毒以化學藥劑如福馬林「滅活」，再加入佐劑，即可製成疫苗！但這種疫苗會讓部分接種者，在面臨眞實病毒感染時，不但無法防止感染，反而有「加重肺部疾病」（enhanced respiratory disease）的風險。

這種施打疫苗無法免疫，反而「加重肺部疾病」的現象，是經由一種叫**「抗體增強反應」**（**antibody-dependent enhancement, ADE**）的機制造成。簡單說，就是疫苗誘發人體產生無用的抗體，有如引清軍入關的「吳三桂」，不但無法抵禦病毒入侵，反而促進病毒進入人體免疫細胞，使免疫失調造成過敏傷害。

新冠病毒疫苗研發過程，也必須嚴格檢視，是否同樣會產生免疫失調，導致「加重肺部疾病」的現象。所幸，科學家們已知道如何解決這個問題。

第一，記取歷史教訓，避免使用「滅活」病毒當作疫苗。理由很簡單，注射整個完整病毒顆粒到體內，人體會對病毒不同部位，產生各式各樣不同的免疫抗體，這些「無效且有害的抗體」就會混雜在其中。

第二，使用簡單、抗原性佳、可誘發高濃度中和抗體的病毒蛋白當作標的，目前廣爲使用作爲新冠病毒疫苗的標的，是一種叫**「棘蛋白」**（**spike protein**，簡稱S的病毒表面蛋白）。要特別注意的是，「棘蛋白」不穩定很容易變形，必須加入特殊設計，去鎖定它的形狀，才能在人體誘發好的中和抗體，否則，它一旦被製造出來就立刻變形，在人體會誘發一堆無效又有害的「抗體」。

很可惜，目前取得少數國家「緊急使用授權」（Emergency use Authorization，簡稱EUA）的中國製疫苗，不是使用整個病毒顆粒製成的「滅活疫苗」，就是沒有經過設計鎖定「棘蛋白」構造的腺病毒載體疫苗。這些疫苗，理論上都有可能會產生「無效且有害的抗體」，讓免疫失調導致「加重肺部疾病」的風險。而不只中國疫苗，英國與俄羅斯研發的腺病毒載體疫苗，也都有此風險。相對的，目前檯面上的美國輝瑞-BioNTech、Moderna、Novavax與國產高端疫苗，則都是有設計鎖定「棘蛋白」不變形的疫苗，誘發的抗體效價也較高，應是較安全的選擇。

(3)打mRNA疫苗，雖快速有效可刺激人體產生抗體，但極不穩定，須以油脂包埋且在零下負70度C下運送，極不方便，冷藏鏈是個大問題？

(4)mRNA疫苗注射後，局部酸痛的比例比傳統疫苗大增，且發生過敏性休克的機率約爲11例／每百萬注射次數，爲一般疫苗的10倍左右，所以注射完後要在診間外待30分鐘觀察。第二劑打完的反應通常比第一劑強（因爲體內抗體濃度更高），最好選週末或休假日接種。

(5)注射AZ疫苗第二劑反應反而比第一劑低，是因爲它用腺病毒當載體，而腺病毒本來就會侵犯人體，很多人身上早已有抗體，所以反應較輕。

(6)英國AZ疫苗注射後的副作用機率並不比美系疫苗高，差在它產生的抗體效價較差，且對於變種冠狀病毒較不具保護力，但不需極低溫冷藏，價格便宜是它的優勢！

最後陳教授強調，新冠病毒註定常住人間，疫苗注射勢在必行，世界各國的感染方興未艾，將來我國邊境一旦開放，沒有抗體的人恐有感染之虞，且未來出國入境他國，倘各國採行疫苗護照，也會有阻力？

至於疫苗的選擇，對於高危險群（如照顧新冠肺炎患者的醫護人員），宜及早注射，儘管目前到貨的AZ疫苗效果相對較差，但「沒魚蝦也好」，至少還有幾成的保護力，先行注射爲宜；至於一般民眾並沒有接種疫苗的急迫性，可以再觀望一陣子。

台灣的最佳策略應是，繼續固守邊境，找出並消除各種防疫破口，好整以暇等待一個最安全有效的新冠病毒疫苗上市到貨，然後展開全民開打，當達到一定比例的疫苗覆蓋率，再逐步開放與病毒和平共存，以期最終能夠全面消除新冠病毒疫情的威脅！

（110.3.10）

新冠病毒疫苗分類

使用技術		緊急使用授權
Genetic vaccine 基因疫苗		mRNA疫苗 Pfizer-BioNTech, Moderna
Viral vector vaccine 病毒載體疫苗		腺病毒ChAdOx1, Ad26, Ad5 AZ, J&J, CanSino, Gamaleya
Protein-based vacci 蛋白質疫苗		次單位疫苗 Novavax, Vector Ins.
Inactivated/attenua Vaccines 不活化/減毒疫苗		滅活病毒疫苗 Sinopharm, Sinovac, Sinopharm-Wuhan, Bharat Bio.

長庚小兒感染科陳志榮教授

30. 人不可貌相，海水不可斗量

台大新竹分院耳鼻喉科葉大偉主任，是我新竹高中及中國醫大的雙料學長，他今天特別送來親手書寫的春聯相贈，看過後頗爲驚豔，沒想到學長粗獷的外表下，富涵深厚文史的底蘊，眞是**「人不可貌相，海水不可斗量」**！

猶記得大一剛入學時，學長是「竹友會」會長，穿著一件T-shirt，腳穿藍白拖鞋，留著小平頭，帶著一幫「狐群狗友」前來迎新，當時覺得這個學長不修邊幅，有些「特立獨行」？但熟識後才發現他「表裡不一」，且不失爲性情中人，最後竟然還交接了他的「會長」職務！

我台北榮總結業後，一度想去署立新竹醫院應徵，就教於服務該院的學長，他指點我：「我們院長是需要拜託的！」自忖自己一介白丁兼阮囊羞澀，於是轉往竹北私人的東元醫院發展，不意反倒成就自己意外成功的人生！

學長曾經一度在新竹東門鬧區開業，生意頗爲興隆，我92年打算自立門戶時，感到千頭萬緒，特別登門請益，他告訴我：「你將準備要做的事情條列出來，然後每完成一件，就把它摃掉，等全部劃完後，自然就水到渠成！」

後來他因故結束診所業務，「重作馮婦」回台大新竹分院耳鼻喉科重新任職，鑽研「暈眩症」，樂在工作，著書立說，成一方之霸！更難得的是這幾年勤練書法，修身養性，氣質大爲提昇，已非昔日「吳下阿蒙」！尤其他以氣球自製模擬耳內半規管模型，在自媒體網站及被應邀到各地醫學會，分享研究心得，堪稱醫界的奇葩！

多謝學長多年長期的照顧，醫學之路有你伴行眞好！

（112.1.5）

台大新竹分院耳鼻喉科葉大偉主任

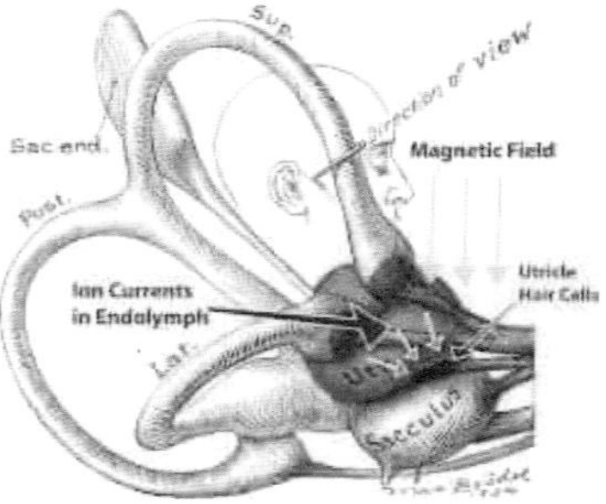

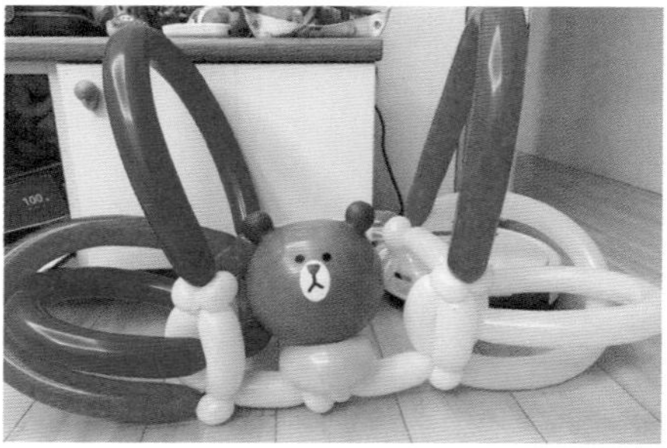

31. 花花轎子人抬人

今年公自費流感疫苗注射率超乎尋常。往年都還要努力勸說民衆施打，今年則大多是主動要求注射，醫療院所若是備貨量不足，則可能會供不應求！

臉書好友在大甲開業的全信賴診所賴信全院長，因生意興隆，預約自費疫苗時不愼超賣，求助業代無果，苦惱不知如何向病人交代。我得知之後，主動表示願意讓渡一些疫苗給他，昨日他專程北上，到我診所親取疫苗，我特地送他一本書，並合影留念！

清代紅頂商人胡雪巖的名言：**「花花轎子人抬人！」**臺語也有句俗諺：**「人情留一線，日後好相見。」**想起自己行醫路程，一路以來也會受到許多貴人相助，始有今日。故常期許自己多加努力，若有機會也能成爲別人的貴人，「行有餘力，則以助人」！

犧牲一些小利，卻可解決他人的難題，惠而不費，何樂而不爲？

（109.10.11）

32. 欲練神功；不必自宮

台北榮總兒科學弟徐健倫醫師，原本服務於頭份爲恭醫院，兩年前本想直接赴新竹市開業，經師長介紹，曾來就教於我。我告以明太祖朱元璋開國三策——「**高築牆、廣積糧、緩稱王**」，建議他先受聘於人，暫且韜光養晦，待時而起！並教導他——「欲求勝劵在握，**兵馬未動，糧草先行！**」如今他經驗積累足夠，糧秣儲存豐盈，再次登門請益。今日中午邀約聚餐，遂將修練20年之「兒科開業葵花寶典」，在談笑間傳授給他！

練此神功的好處，是不必自宮，因爲卽使自宮，也未必成功？開宗明義告訴學弟，兒科開業成功的三個要件：**地點、personality、basic knowledge！**

(1) **房仲術語：**Location! Location! Location!

選擇好的地點（學校旁、新興社區、人潮匯集地、或開業天王附近撿拾不耐久候的病人……等），註定已是開業成功的一半！

(2) **個性決定命運：**態度親切，笑臉迎人；愛心、耐心、同理心，是吸引病患前來的不二法門！對於私人個體戶而言，沒有公家資源的挹注，病人就是我們的衣食父母，雖不需卑恭曲膝；但態度親切，詳盡解說，仍是不可或缺的竅門！尤其網路時代，口碑相傳往往決定診所的評價！

(3) **本職學能**：開業金錢指數常和學問成反比，所以要時時不忘進修，方能與時俱進，不致退化（degeneration）！

同時也不忘指引了其他一些開業的眉眉角角（台語）！及面對大鍋飯共產制度下的健保體制，趨吉避凶的因應之道！對於學弟提出的問題，亦是知無不言，言無不盡，傾囊相授！相信經過這一番灌頂加持，有如吸星大法，會令其功力頓時倍增，底氣十足！

開業是條不歸路，平安上路、安全下莊，方是王道！祝學弟能夠開宗立派，創業成功，光大北榮兒科的江湖名聲！

（110.11.16）

33. 投之以桃；報之以李

中國醫大兒童醫院的傅雲慶院長，相識於27年前，當時我從台北榮總兒科奉派到玉里榮民醫院支援，每週一早上搭乘第一班火車從台北到花蓮，除了在台北火車站會看到證嚴法師登車返回花蓮時，信衆整排沿路相送的壯觀奇景外；最高興的就是在玉里認識了傅醫師，他猶如同期下鄉公費醫師群的精神領袖，會幫我們安排許多餘興節目，使我們支援的日子不至「好山好水好無聊」！期間他曾向我探詢一些台北榮總兒科的生態，我皆傾囊相授！不知是否受了我的啟迪，下鄉服務期滿後，他也順利申請到台北榮總兒科擔任住院醫師！但他畢竟非池中之物，是人才終會脫穎而出，一路平步青雲，當到中榮兒科主任、中國醫大兒童醫院

右手邊中國醫大兒童醫院傅雲慶院長；左手邊主秘林捷忠主任

院長！尤其擅長的兒童心臟心導管介入性治療，不僅活人無數，且避免了很多心臟病童原來需要接受的開心手術！堪稱國內兒童心臟界的奇葩！

後來我出版個人行醫心得書籍《杏林隨筆》時，邀請他贈序，他慨然應允，爲書籍增色不少！基於「投桃報李」之心，前不久特將支援中國醫大新竹分院的薪水，部分捐贈給中國醫大兒童醫院！希望他能夠用以提攜後進，造就更多後輩英才！今天他特地寄來感謝狀及捐贈收據！

行有餘力，則以助人；取之於社會，更當用之於社會！

（109.12.21）

34. 點點、滴滴、舐犢情、茁壯幼苗；風聲、雨聲、讀書聲、聲聲入耳

今天北榮新生兒科老、中、青（陳淑貞、鄭玫枝、陳思融）三代主任齊聚新竹，前來授課講學，加上主持人新生兒科醫學會理事長林鴻志教授、兒科醫學會祕書長彭純芝主任、及另兩位演講者長庚朱世明主任、國泰小兒科沈仲敏主任，都是相識已久的好友，身爲地主，特來打招呼，並以拙作相饋贈！

很高興見到以前北榮的老同事，亦師亦友的鄭玫枝主任，住院醫師階段，她大我一屆，給過我許多指導。猶記得當時甫報到三個月，便被指派去駐守急診，不免有些誠惶誠恐，她臨時幫我授課，憑著二張筆記紙，加上一張常用處方及劑量表，便硬著頭皮披掛上陣！想來眞是**初生之犢不畏虎**，也多虧有強力後盾，才可安然過關！如今物換星移，也恭喜她已榮昇新生兒科主任！

本次研討會的主題，是探討新生兒營養及親子共讀，對新生兒成長發育的影響。早期的營養介入，點點滴滴都可以幫助幼苗的成長茁壯；而近來很熱門提倡的親子共讀，則強調潛移默化、聲聲入耳；研究發現，親子共讀在孩子成長過程中，對於大腦發育、語言發展及增進理解能力……等方面，皆具有正面的刺激，並能夠啟發孩子的想像力及培養其創造力。親子共讀越早開始越好，國民健康署鼓勵家長以親子共讀方式，透過故事來促進孩子的認知與語言發展，爲孩子的健康奠下成功的基石。

透過親子共讀，可協助開啟嬰兒的智慧啟蒙及語言發展！嬰幼兒主要照顧者，都應不吝惜每天抽個三、五分鐘的片段時間，陪伴共讀。耳濡目染、水滴石穿，在潛移默化中吸收，也許有朝一日，小孩會有意外驚喜的反饋！

（110.5.2）

左一北榮新生兒科鄭玫枝主任，正中間北榮陳淑貞主任
右一中醫大新竹分院兒科陳思融主任

35. 書香傳家，一門俊彥

中午應平安葉治威聯合診所的邀請，幫該院醫生講解兒童氣喘的診斷及治療！葉院長在地方執業超過30年，兩個兒子繼承衣缽，分別是內科及耳鼻喉科醫師，媳婦是藥師和腸胃科醫師，女兒也是藥師，堪稱「**書香傳家，一門俊彥**」！全家集體共同執業，在竹東地區頗富盛名，果然「**家族同心，其利斷金**」！診所病患盈門，人滿爲患！

臺灣兒童氣喘盛行率逐年上升，2007年已高達20%，與環境汙染、母乳哺育率低、飲食習慣改變、疫苗注射普及導致傳染病變少、抗生素濫用……等因素皆有關，無怪乎各氣喘專科診所皆門庭若市！

慢性氣喘發作後，有如矗立在海上的「冰山」，急性期支氣管收縮就像浮在海平面之上的一小塊冰山，使用支氣管擴張劑即可緩解；可怕的是有如潛藏在海平面下，一大塊冰山主體的「**慢性發炎**」反應，才是造成**氣管纖維化及變形的元凶**，必須長期使用抗發炎藥物加以保養，例如「類固醇」吸入劑。實驗結果也顯示，沒有保養的氣管，上皮雜亂無章，黏膜下充滿淋巴球發炎細胞及纖維組織；反之則是上皮井然有序且恢復舊觀！所以切不可輕忽後續保養的重要！

現場並教導同儕們各種抗發炎吸入性藥物（包括霧化、定量噴霧劑、乾粉吸入劑）的使用、簡易肺功能的檢測、及如何申報健保費用得以「**趨吉避凶**」。醫師本身必須對各種吸入製劑的使用駕輕就熟，才能指導病患正確的使用！透過今天的課程，既「寓教於樂」，又結交了新的朋友，可說是一舉兩得！

（108.9.24）

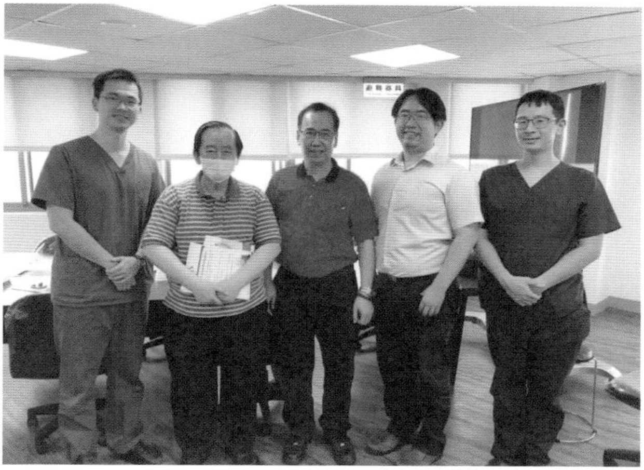

與葉治威院長及其公子合影

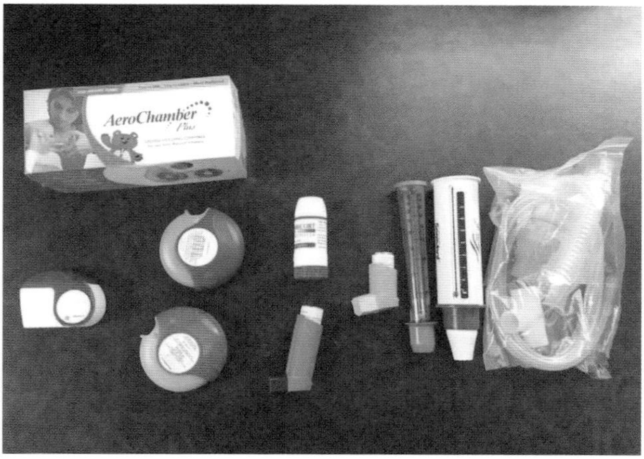

治療氣喘病的各種吸入製劑

36. 天下英雄出後輩，一入江湖歲月催

今天中午新竹縣診所協會，組團參訪台大生醫分院，並參加「婦幼醫學中心」開幕記者會！在周安國主任的精心擘劃下，國家級資源投入，果然軍容壯盛，非但兒科十餘科次專科人才一次到位，硬體設備也砸下重金購置，余忠仁院長揭櫫將朝向診治「急、重、難」三大疾病指標！加強高危險妊娠、早產兒、重症加護、疑難雜症疾病的處理，做爲開業醫堅強的後盾！我們是一則以喜，一則以憂，既高興多了一個後送的場所；也擔心基層醫療是否會更形萎縮？

下午在中國醫大新竹分院兒科，看完了最後一次的門診，完成階段性的任務，結束了開院以來三年的支援工作！之後就要交給陳思融主任，及她所率領的團隊，繼續去開疆拓土！

「江山代有才人出，各領風騷十數年」！看到自己所處的區域，兒科醫療的蓬勃發展，及兒科人才的輩出，頗感欣慰；也不禁思索是否到了應該退休的年齡？

「天下英雄出後輩；一入江湖歲月催！
皇圖醫業談笑中；不勝人生一場醉！」

（110.12.29）

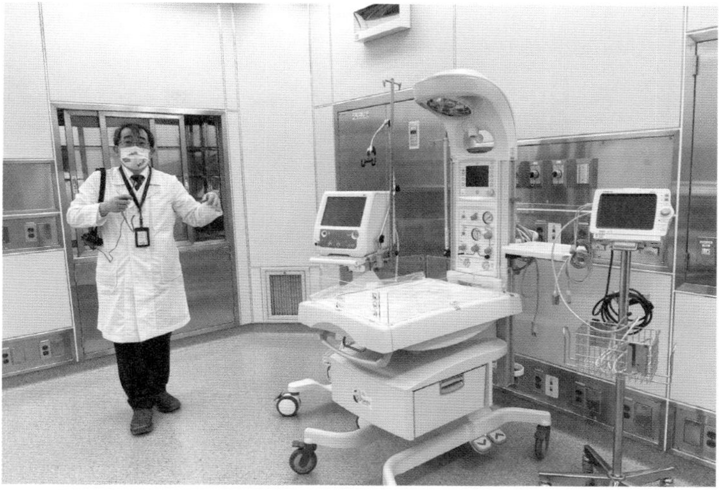

台大新竹分院小兒科周安國主任

中國醫大新竹分院小兒科陳思融主任

37. 學然後知不足

假日充電，南北趕場，分別參加台灣過敏臨床免疫醫學會及兒科醫學會桃竹苗基層事務聯誼會的研討會，汲取新知！

平時在自己診所據地稱王，是病患、業代心目中崇敬的院長；來到這種學術場合，面對臺上學富五車、著作等身的教授級醫師，總是抱持謙虛的態度前來學習！果眞是「學然後知不足」！

醫學系因爲在台灣社會出路頗佳，因此吸引衆多優秀的學生前來就讀，自己當年考運好，僥倖能夠考上，因此一直都很珍惜這個機緣，努力學習，善待每個求診病人。而習醫歷程見識過太多「生而知之」型的學霸。只能說自己「比上不足，比下有餘」！記得在北榮的老師謝玉林醫師教誨我：「醫生分兩類，一種是被醫生尊敬的醫生；一種是被病人尊敬的醫生。如果不能做到前者；至少也要朝後者努力！」

有時想想，只要犧牲一些假期，參加醫學研討會，就能瞬間吸收他人皓首窮經的研究成果；或學習到新穎的醫療技術，與時俱進，不啻爲CP值很高的投資！開業醫的學術知識有如逆水行舟，不進則退！「活到老還是應該學到老」！

（111.9.26）

左起彰基小兒免疫科蔡易晉主任、中國醫大兒童醫院王志堯院長

土城醫院黃璟隆院長、長庚小兒免疫科葉國偉主任

38. 負重而致遠

因爲疫情之故，原訂四月份改選的兒科醫學會理監事，延至今天始能舉行！身爲兒科醫學會會員代表，早上下診後，趕赴台北國際會議中心，行使代表義務，投票選舉新任理監事。

會場外遇到許多兒科先進、同儕及學弟妹，聽他們講古論今，始知醫院、診所間的縱橫捭闔，平靜無波的水面下實則暗潮洶湧，醫學中心間的角力，各派系的換票運作，遠非平常枯居一方斗室診間的小魯醫所能想像？但也很感謝很多的開業醫師，願意奉獻他們的時間，走出診間爲基層爭取權益！

過去的醫學會，爲各醫學中心的囊中物，基層開業醫的心聲，鮮少獲得重視？而今局勢丕變，基層醫師透過聯合運作，合縱連橫，當選多席，終能將下情上達，舉凡稅務的減免、疫苗注射處置費的爭取、非人爲因素公費疫苗損害的免予賠償、健保抽審不當核刪的導正、耳鼻喉局部處置費的放寬申報、兒童診察費的加成、兒童健康檢查衛教費用的撥付……等等，一棒接一棒，始能營造合理的開業環境！眞要感恩前人「種樹」的付出，我們現今才能在樹蔭底下「納涼」！

一個新冠肺炎疫情的衝擊，令泰半兒科開業診所哀鴻遍野！若仍自掃門前雪只能坐困愁城？此時更突顯有個強大的學會做爲後盾的重要性！

「一個人可以走得很快，一群人才能走的很遠！」願新任理事長李宏昌院長，能帶領兒科醫學會的會務，更上一層樓！

（109.7.13）

39. 千錘百煉度疫情，群英聚會非等閒

至台中展華會館，參加全國診所協會全國會員代表大會！本屆協會成立、幾次開會適逢疫情干擾，先是彰化白牌司機因新冠肺炎致死，接著部桃發生群聚院內感染，以致開會日期一波三折！近來由於疫情趨緩，今日終於得以成功召開！

全國診協在福星塗勝雄理事長的領導下，運籌帷幄，折衝樽俎，去年順利度過了疫情危機！不但幫助基層診所，大量取得口罩、酒精、防護衣、額溫槍……等防疫物資，且幫助政府成功守住了第一線，未讓疫情在社區內擴散，可說居功厥偉！台灣人在疫情擴散下能夠「**歲月靜好**」，乃因爲有人「**負重前行**」！大家應當惜福感恩才是！

接下來的課題，就是一旦政府能夠成功採購疫苗後，如何讓疫苗注射能夠在全國普及化？這是未來要重點推廣的項目！

會場見到許多原本熟稔的好友，跟意外碰到多年不見的大學同學！大家把酒言歡，酒酣耳熱，最後衆人輪流高唱卡拉ok，賓主盡歡，度過了愉快的一個晚上！

（110.4.11）

中間爲全國診所協會理事長塗勝雄醫師

40. 上轉下放通有無，診所醫院一家親

中國醫大新竹分院在竹北成立兩年多，業績突飛猛晉，今天敦親睦鄰，在竹北喜來登飯店與新竹縣市開業醫舉辦交流餐會，彼此相聚甚歡！

原本對中國醫大新竹分院的設立，懷著既期待又怕受傷害的心理，因爲竹北地區，我的診所離該院最近，身爲校友，固然欣見母校的蓬勃發展，版圖擴張；但也怕因位置首當其衝，病源遭受磁吸而下降。

幸蒙陳自諒院長不棄，禮聘我至該院兼任兒科主治醫師，加上自己在地多年的耕耘，病源不減反增；同時對於一些疑難雜症，及嚴重的病例，多了一個轉診住院的渠道。而因爲認識了院方的高端人脈，也順便幫忙部分病患的家屬，即時安排床位及住院，意外累積了一些功德！

原來診所、醫院兩端，彼此並不必然要成爲對立的關係，藉由**雙向交流、互通有無**，不僅可以增進對病患的照顧，也可以間接提升開業醫的層次。

（110.4.11）

陳志宏

41. 偶開天眼覷紅塵，可憐身是眼中人

新竹高中同屆同學是文學才子、文采橫溢，畢業於美國馬里蘭大學，比較文學博士，原爲科技大學教授；然天妒英才，不幸罹患鼻咽癌，幾番進出醫院，九死一生，工作也被迫中輟；老母在頭份傳統市場擺攤賣菜，靠微薄的收入幫同學治病。兩人因與病魔長期纏鬥、氣虛體弱，高中同學透過line群組，發起購買亞培安素營養品，幫他們補充體力！我以診所名義進貨，以成本價幫同學們代購，再按月配送，短短時間內迅即募集到1800多瓶，足夠八個月的用量。物品今日到貨，高中同學間情誼驚人！果然台灣最美的風景還是「人」！

看到同學爲疾病所苦，及老母拖著羸弱的身軀，倚閭相望，生死相依的場景，心中實感不忍！行醫歷程時刻提醒自己要「莫忘初衷」，心存善念，行有餘力，則以助人！很高興借助自己工作的平台，能媒合「竹中」同學們的愛心匯聚！

生老病死，爲人世間不可逆的循環；**紅塵萬丈、世緣迷茫，唯有「眞情」才能夠找到永恆的曙光！**

（110.4.20）

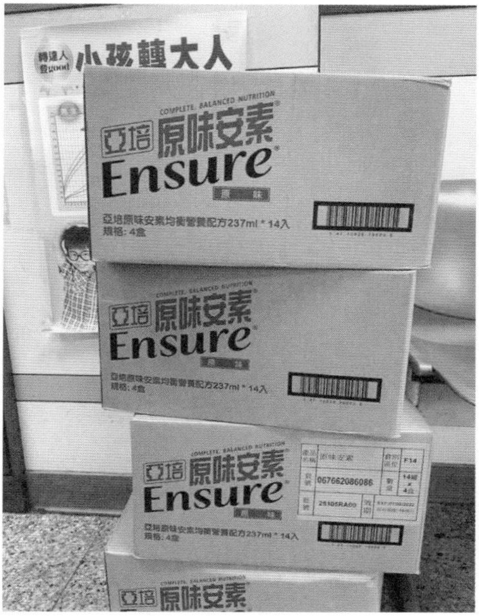

胡適 莎士比亞說過浪漫感人的佳句
Parting is such sweet sorrow,
that I shall say goodnight till it be morrow.
道別是如此甜蜜的情愁
我總是在快黎明時 才道晚安

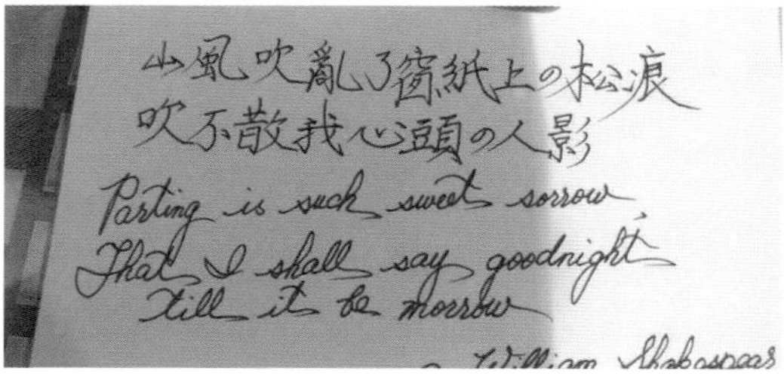

慈恩浩浩比山高
千里迢迢探病房
髮蒼視茫筋骨殘
不捨病兒骨肉傷

42. 悲莫悲兮傷別離

高中同窗，前虎尾科大李建平教授，離苦得樂，羽化登仙！

他出身菜販之家，父親早逝，母親在頭份傳統市場擺攤賣菜，以微薄的收入，含莘茹苦，栽培他負笈美國馬里蘭大學，取得比較文學博士！歸國後原在雲林虎尾科技大學作育英才，不幸身罹痼疾，抗病多年，仍不敵病魔摧殘？徒留白髮人送黑髮人之哀傷，同學皆感不捨，特寫下祭文悼念之！

悼建平同學

建平吾兄，竹中同窗。
出身寒門，逆襲向上。
天縱英才，文采飛揚。
負笈海外，異域碩方。

竹中住校軼事 1976

● 李建平（廉班）

初中畢業，山城的男孩，不知道聯考升學爲何事，悠哉悠哉地跟著同學報名竹聯。媽媽比我還緊張，考試前晚，攪了一碗牛奶蛋黃給我補元氣。放榜後，接到成績單，569 分，夠上省中了。

那年秋天，也跟著國中同學到省中報到。穿卡奇制服，戴大盤帽。南庄離新竹有段距離，也住進歷史悠久的竹中宿舍。一群苗栗，桃園外縣市的高中

139

學成歸國，心志卓昂。
作育杏壇，桃李芬芳。
體染痼疾，身心俱創。
挺身抗病，寧死不降。
盛年早逝，天嫉賢良。
母子相依，倚閭而望。
白髮相送，哀痛未央。
親友故舊，心淒徬徨。
菩薩接引，如來殿堂。
嗚呼哀哉，馨拜尚饗！

弟壽祥敬輓　110-6-18

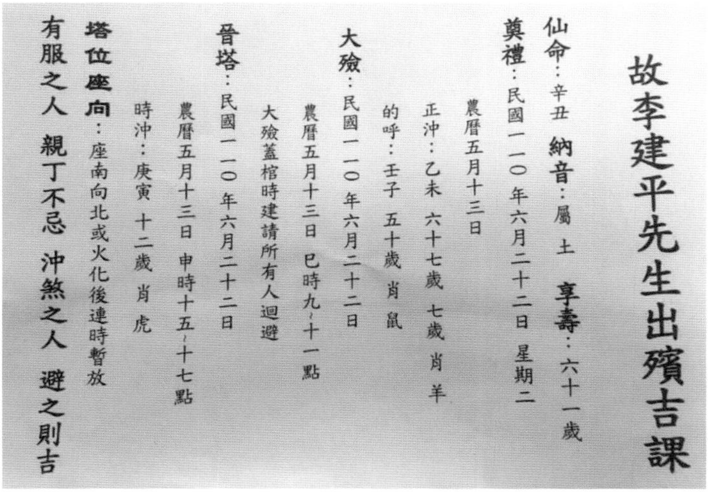

故李建平先生出殯吉課

仙命：辛丑　**納音**：屬土　**享壽**：六十一歲
奠禮：民國一一〇年六月二十二日　星期二
農曆五月十三日
正沖：乙未　六十七歲　七歲　肖羊
的呼：壬子　五十歲　肖鼠
大殮：民國一一〇年六月二十二日
農曆五月十三日　巳時九~十一點
大殮蓋棺時建請所有人迴避
晉塔：民國一一〇年六月二十二日
農曆五月十三日　申時十五~十七點
時沖：庚寅　十二歲　肖虎
塔位座向：座南向北或火化後連時暫放
有服之人　親丁不忌　沖煞之人　避之則吉

43. 君子之交，其淡如水

現任嘉義大學副校長楊德清教授，爲新竹中學同屆校友，在校時並不認識，透過校友會網路社團群組的互動而熟稔，本人是個謙謙君子，外表溫文儒雅，渾身洋溢學者風範！

中原大學數學系畢業後赴美深造，取得博士學位後返國任教，憑藉個人努力，取得嘉義大學教職，一路晉升至副校長職位。去年打完新冠肺炎疫苗後身體感覺酸痛不適，原以爲是疫苗注射後的副作用所致，經詳細檢查才知體內長了不好的東西，但楊教授樂觀進取，積極與病魔纏鬥，在台北租屋，定期北上至台大醫院治療。

過去雖都只是在通訊軟體上「神交」，素未謀面，但敬佩楊教授的行誼，感慨**「斯人而有斯疾」**，去年某日晚上下診後，特地驅車北上爲

嘉義大學副校長楊德清教授

其加油打氣，並致送一些營養補充品，短暫交流，卻勝似多年好友，正是「君子之交，其淡如水！」而其正向面對痼疾的精神令我動容。甚而他在臉書留言質問：「是否這一生，上天給予過多，包括教途順遂、妻賢子孝、小孩資優（台大醫生）……，所以要向他追討一些回去？」既不懷憂喪志還能自我解嘲，不禁令我反思，倘若易地而處，身染惡疾，自己是否也能像他如此灑脫？

今日楊副校長，特地委託另一同窗連文杰同學，從嘉義載運回新竹，致贈一些嘉大自行生產的農產品，雖是就地取材，但誠意感人，祝楊副能夠抗病成功，繼續作育英才，桃李芬芳！

（111.2.13）

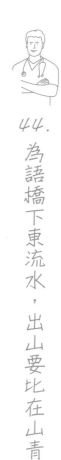

44. 為語橋下東流水，出山要比在山青

今天至頭份殯儀館，祭拜高中同學，現任中央警大鄧煌發教授的高堂！鄧教授高中就讀社會組，在校時原本沒有什麼交集；這幾年活躍在竹中校友會，因而得以結識，個性開朗活潑，很能帶動氣氛，有他在的場合絕無冷場！

我那個年代，大學聯考錄取率甚低（全國平均23%左右），竹中爲了維持一定的升學率，因而有留級制度，鄧教授大器晚成，所以雖然算我學長，卻和我同年畢業！但他不屈不撓，後來同時考取東吳大學及中央警官學校，爲減輕家中經濟負擔，毅然選讀公費的警校，歷經多年努力，如今已貴爲警大教授，國內不少地方分局長，皆曾出於他的門下，堪稱勵志典範！

對於當初求學坎坷的歷程，他絲毫不以爲忤，總不忘自我解嘲，自己把高中當作五專念，基本功夫紮得深，日後才能修練成仙！再次驗證「**個性決定命運，態度決定高度**」！

以前竹中校長辛志平常勉勵畢業生──「**爲語橋下東流水，出山要比在山青！**」竹中「誠、慧、健、毅」的校訓永誌心中！越野賽跑及游泳的訓練，更是培養了我們堅持到底、永不輕言放棄的精神！

（111.6.26）

警察大學鄧煌發教授

45. 愛有多深，路有多長

早上利用上診前的空檔，奔赴新竹市立殯儀館，參加高中好友母親的告別式。現場氣氛肅穆哀戚，儀式簡單隆重！

到了這個年紀，近年白帖收的總比紅帖多！送走眾多長輩親友，不管生前如何叱吒風雲，富貴榮華，哀樂人間、苦海浮沈，至此皆一筆勾銷！**花開花謝、日落日升，路皆有盡頭，每個人都有這麼一天！與其關懷身後事，不如生前留下好令名！**

「君子之交，其淡如水」，與同學雖然多年不見，但高中畢業至今皆偶有遇合。回想高中時，曾去他清華大學教授宿舍家中遊玩，見識到他父親那種皓首窮經，孜孜不倦的學者風範；也曾一起騎腳踏車遠征台一線省道到竹南！高二暑假還曾聯合聘請清大高材生，擔任家教，補強化學。同學情誼長存，因此今天特別到場，略盡朋友慰問之忱！

任物換星移，多少形體化歸塵泥；但真心的愛戀卻可似江河萬里，永遠潺流人間。**「愛有多深，路有多長」**！對親人的愛永不止息！「子欲養而親不待」，趁父母健在時多盡孝，以免日後徒留遺憾！

（110.2.19）

幽明永隔
龍巖

46. 長風破浪會有時，直掛雲帆濟滄海

時光荏苒，轉眼今年已是高中畢業40週年。母校新竹中學校友會，特於今日，舉辦33屆畢業校友重聚餐會，現場與會師生超過百餘人，可謂漪歟盛哉，熱鬧非凡，令人留下難忘的回憶！

我一生的醫療志業，雖然奠基於中國醫大及台北榮總，但新竹中學「德、智、體、群、美」，五育並重的教育理念，確實惠我良多且終身受用！回顧高中時期，騎著腳踏車，頂著強風，踩過學校前方那條塵土飛揚，布滿碎石的東山街，奮力上學的景象依舊歷歷在目；走進校門口，巍峨矗立的「至善樓」迎面而立，斗大的字體提醒了我們要達到「止於至善」的境地。在這所學校，不但結識了許多良師益友，開拓了自己的眼界；同時也因爲同班同學，他醫生父親的激勵，堅定了習醫的宏願！

今日的聚會，由現任校長李明昭領軍，會場中見到了許多多年不見的老師、同學，不論士、農、工、商、醫、教……等，在各行各業均有所成；甚至有旅居海外的同學，錄製視頻，傳來祝賀畫面，讓大家一睹久違的音容笑貌！**談論不完年少輕狂的往事；訴說不盡歷鍊社會的滄桑。「留得雪泥鴻爪在；可待他日說夢痕！」**有人臨時興起，提議大家齊唱校歌，霎時「美哉吾校，矗立塹上，巍巍黌舍，漭漭廣場，……」的歌聲響徹繞樑，現場人士無不熱血沸騰！

畢業後眾學子各自闖蕩江湖，闊別四十載，今朝得以重聚首，正是「長風破浪會有時，直掛雲帆濟滄海」！竹中「誠、慧、健、毅」的校訓永誌心中！會後大家意猶未盡，仍舊三五成群，敍舊聊天，不捨離去，相約後會有期！

爰引過去所寫的一首七言絕句，用以紀念今天此一特別的時日！

竹中去來一夢中，
狂風煮酒論英雄，
東山飛雲九萬里，
三千白馬嘯西風！

（109.8.16）

新竹中學李明昭校長、范盛傑學務主任

47. 少年不知愁滋味，老來方知行路難

週末早上打了六十多劑的新冠肺炎疫苗後，中午趕赴參加小學同學會。疫情關係已數月不曾赴餐廳用餐，此番為迎接旅美的張崧軒同學返國參加國慶，同時舒展疫情以來長期閉關鬱積的悶氣。十多位相識逾五十載的老同學，又藉機相聚餐敘！

細數座上客，四分之三均已退休，多人過著含飴弄孫的生活，言談話題盡為遊山玩水，令人好不稱羨！張同學雖然長期旅居美國，但活躍於台商僑界，還長期贊助金援，竹縣偏鄉原住民學童的教育及學習經費，愛鄉愛土的情懷令人感佩；此番更上一層樓，榮膺世界台商聯合總會財務長，飛黃騰達，更因職務之須，繞著地球跑；似我這樣仍兢兢業業，固守本業者，有如鳳毛麟角！只好自我安慰——「人生以服務為目的！」繼續「中隱隱於市」，不因衰朽惜殘年，一本初衷，繼續服務鄉梓！

有詩一首證曰：

有人升官歸故里，

有人退休飴養年！

少年不知愁滋味，
老來方知行路難？

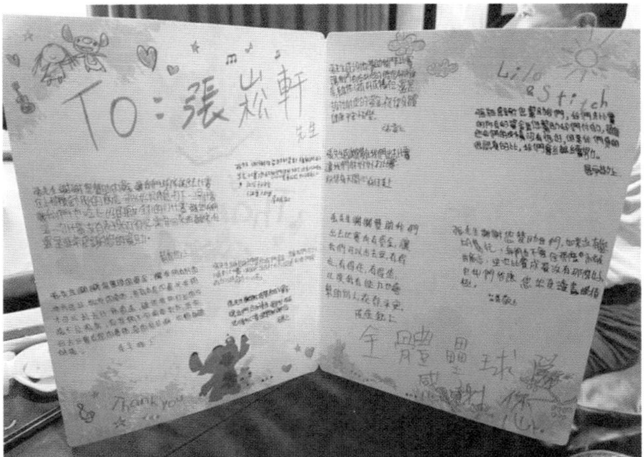

（110.10.23）

48. 滄海桑田，白雲蒼狗

昨日北上台北凱撒大飯店，參加榮總兒科部召開的北市基層醫師學術研討會，暨兒科部醫師回娘家活動。會中見到多位昔日教學授業的師長，及同窗學藝的學長姐及弟妹，多少前塵過往，盡付笑談中！如今或在醫學中心、區域醫院、或在各地自行開業，人人各有一片天。以前並肩作戰的牛道明醫師如今已升任部長，在基因遺傳診斷上，學術成就斐然，在他的熱心安排促成下，舉辦了此次成功的會議，過程中堪稱賓主盡歡！

比鄰而坐的一位女醫師，打招呼與我相認，才赫然驚覺是二十多年前支援羅東博愛醫院時，曾經指導過的一位台大醫院住院醫師張碧峰學妹，昔日青澀的小女孩，現在已成為望重一方，板橋亞東醫院小兒腸胃科資深主任醫師！令人不禁突興「**滄海桑田，白雲蒼狗**」之嘆！

回程時在高鐵站，又巧遇多年前曾熱心指導過我，目前在台南開業的廖仲達學長！他上台北探視臥病的老母。到了這把年紀，彼此喟然感嘆都處於上有老、下有小的「三明治」處境！

隨著列車車廂高速呼嘯而過，耳邊突然響起熟悉的歌聲：「**路過的人，我未曾忘記；經過的事，已隨風而去；驛動的心，已漸漸平息…再回首，恍然如夢；再回首，我心依舊……**」

（109.10.12）

That you are not alone
For I am here with you

台南市小兒開業醫廖仲達醫師

49. 三人行，即有我師

參加北榮兒科忘年會，感謝牛道明部長的邀約，能夠重返娘家，與諸多師長、學長姐，及學弟妹們相聚！敍舊寒暄，並互道新年快樂！

北榮新任院長陳威明教授親臨致詞，他和我同屆實習，但成就斐然，就任院長後，勇於任事，勵精圖治，謀求員工福祉，不遺餘力。台北榮總深慶得人！

會場也碰到高中同屆同學林永煬教授，他已高升北榮副院長，家母中風住院時，多承他幫忙協助，受人點水之恩，雖無法湧泉以報，但恩情不敢或忘，順道當面致謝！

臺大兒童血液腫瘤科周獻堂主任，及前台北長庚小兒科詹美齡主任，他們二人賢伉儷，是大我一屆的學長姐，在校表現極爲優秀，夫唱婦隨，齊身貢獻台灣兒科醫學界！尤其周學長在台大醫院以院爲家，視病猶親的典範，令人敬佩！今日不期而遇，喜不自勝！

台灣的醫界，沿襲日據時代優秀學子習醫的傳統，集合了衆多的精英。**「三人行，即有我師」**，**見賢思齊，有爲者亦若是**，在彼此相互砥礪激盪下，有助於開拓自己的眼界及視野！

（112-1-8）

台北榮總陳威明院長

台大血液腫瘤科周獻堂主任、詹美齡醫師伉儷

台北榮總小兒部牛道明部長及遺傳科楊佳鳳主治醫師

50. 三十餘年磨一劍，劍氣沖霄心凜然

前兩日收到台灣兒科醫學會的通知，獲選今年度首度成立，專門頒給開業醫的基層服務貢獻獎！這是很大的肯定，心中不免也有些惶恐！

從事兒科醫療業務31年，從醫學中心到地方開業，見證過兒科的榮景，也看見它的日漸凋零（少子化、醫療糾紛多、健保給付低、自費項目少……等原因所致）！但每當看到昔日照顧過的小嬰兒，隨著時間的推移，卓然玉立，甚而成家立業時，心中的成就感難以言喻！透過與病童及其家屬的互動，也可常保「赤子之心」！若再讓我選擇一次，兒科仍是我的最愛！

感謝北榮兒科昔日師長吳克恭主任、陳偉鵬學長的大力推薦；凡走過必留下痕跡，當學會要求事蹟佐證時，直接從Fb就地取材一些過往的相片。也感激北榮兒科牛道明部長的幫忙背書，及免疫腎臟科王馨慧主任協助製作的電子檔，圖文並茂的詳盡說明，獲得了評審委員的青睞，僥倖得以勝出！

醫學之途一路走來，遇到許多貴人相助！要感謝的人太多，作家陳之藩說那就「**謝天**」吧！

（111.3.18）

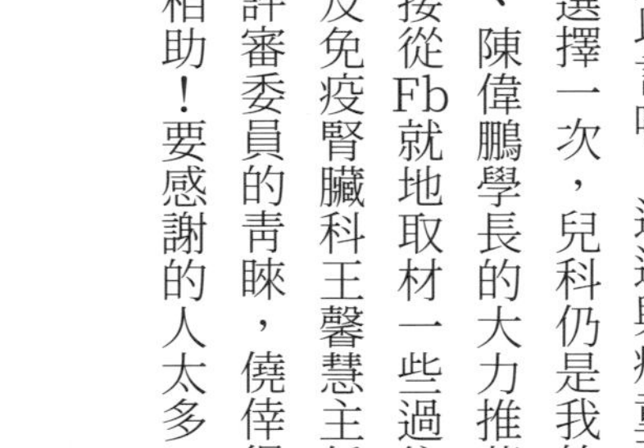

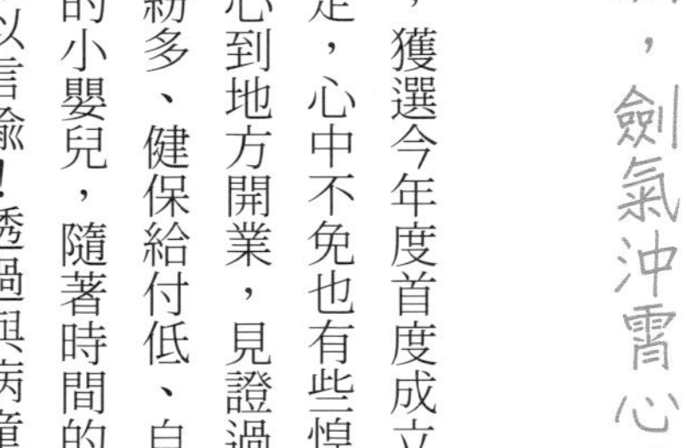

榮獲九十二年度美強生住院醫師研究獎

臺灣兒科醫學會　函

地　址：台北市杭州南路一段69號10樓之1
電　話：02-2351-6446　分機：22
傳　真：02-2351-6448
聯絡人：朱芸玲
e-mail：tpa98@www.pediatr.org.tw

受文者：陳壽祥醫師

發文日期：中華民國111年3月15日
發文字號：臺兒醫字第111059號

主旨：恭賀　鈞座榮獲臺灣兒科醫學會 111 年「臺灣兒科醫學會基層醫師服務貢獻獎」。

說明：一、鈞座榮獲臺灣兒科醫學會111年「臺灣兒科醫學會基層醫師服務貢獻獎」，可獲得獎牌乙座、獎狀乙紙，特此恭賀。

二、臺灣兒科醫學會訂於111年4月16~17日(星期六~日)假台北國際會議中心(台北市信義路5段1號)舉辦台灣兒科醫學會第63屆年會暨第250屆學術演講會，並於 111 年 4 月 17 日(星期日)下午 13:30 於 2 樓 201ABCDEF 會議廳舉行頒獎，敬請　鈞座務必準時出席領獎，及發表2分鐘得獎感言。

理事長　李宏昌

(4)對醫事教育及臨床醫學有貢獻或研究發展上有具體事蹟者：

1. 任職新竹東元醫院兒科主任期間(84~92)，與林口長庚兒童醫院建教合作，負責訓練年輕住院醫師，不少現任主任及醫師，如江明洲、歐良修、林建志…等，及開業名醫如陳木榮、陳君毅、李鴻麟、吳昆岷、蕭銘賢…等，均曾受其指導教學。
2. 於1998/9隨中華民國新生兒醫學會，組團至中國北京瀋陽參加海峽兩岸新生兒科研討會(圖4-1)，並發表論文「以尿中及血液中二氧化碳分壓差偵測新生兒腎小管酸血症」，並獲得該年度吳強生國際醫學會議旅行獎。(圖4-2)
3. 中國醫大附設醫院新竹分院107年開幕初期，因人才難覓，無固定專任醫師，陳醫師應院長陳自諒及總院兒童醫院傅雲慶院長所託，毅然以校友身份與另一位開業醫謝德貴院長，輪流負責產房新生嬰兒巡檢及Stand by之工作，並兼任兒科特約門診，前後二年直至專任主任陳思融醫師到任，始功成身退，厥頌特殊貢獻獎。(圖4-3)
4. 經常獲邀擔任桃竹苗基層醫師聯誼會講座之Modurator或Speaker (圖4-4)
如:108/9/1 中壢古華花園飯店「兒童眼睛保健」之 Modurator
109/9/19 Astra-Zeneca 公司主辦之線上會議擔任 Speaker
-台灣氣喘SABA治療自持與基層的轉型契機
109/8/30 新竹縣市地區兒科聯誼會-新竹國賓大飯店 Speaker
-打破影響孩童生長的惡性循環
110/10/5 新竹市芙洛麗飯店，新竹市診所協會竹塹社區醫療群演講-2021 GINA update
5. 經常投稿報紙醫藥版，介紹醫藥常識，加強民眾衛教，如:109年8月18日自由時報「玫瑰花瓣上的露珠-水痘」，110年10月17日自由時報「治標不治本，短效型支氣管擴張劑別濫用」，文章淺顯易懂，深入淺出，普及衛教常識，令人讚許。(圖4-5)
6. 常接受媒體專訪，介紹兒科醫學知識，如:108/11/12接受東森新聞專訪，介紹-嬰兒腦部搖晃症候群(搖嬰症，搖到奈何橋)。(圖4-6)
7. 陳醫師文采飛揚，除撰寫過二本兒科中文書籍「兒科紙上門診」、「嬰幼兒照顧手冊」(圖4-7)，傳遞兒童衛教照顧應注意事項外，他還將自身與病患的互動，臨床經驗及一些人生見聞寫成「杏林隨筆-聽診器下的呢喃」(圖4-8)，並由兒科學會四區輔江伯倫教授，李宏昌院長、林清淵教授、傅雲慶院長為其書寫推薦序，出版後頗受好評，堪稱多才多藝。
8. 長期受邀為嬰幼兒奶粉進行「媽媽教室」醫學教育演講，二十多年超過上百場，推廣父母育嬰醫學常識，不遺餘力。(圖4-9)

（臺灣兒科醫學會基層醫師服務貢獻獎【表二】）

綜上所陳，因為陳醫師二十多年來在基層醫療服務與教學研究的行醫之路累積了豐富成果，在今日更能為台灣兒童與基層醫療提供厚實的經驗與傳承，因此，本人誠心推薦陳醫師，角逐兒科基層服務貢獻獎。

推薦人
嘉禎診所院長
新北市醫師公會秘書長：陳偉鵬（簽章）
中華民國　111　年　2　月　7　日

11

圖 4-4、多次參與桃竹苗兒科基層醫師聯誼會，並擔任演講者及講評者

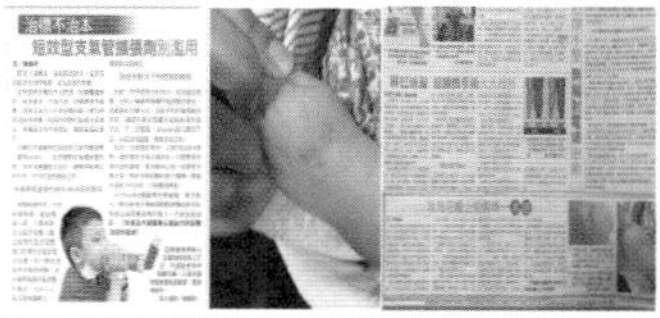

圖 4-5、經常投稿報章雜誌醫藥版，介紹醫藥常識，加強宣導與衛教全國民眾衛教知識

圖 4-6、多次接受媒體採訪，介紹兒科醫學常識與新知

圖 4-7、著作兩本中文書籍—「兒科紙上門診」及「嬰幼兒照顧手冊」

圖 4-8、將自身與病患的互動，臨床經驗及一些人生見聞寫成「杏林隨筆—聽診器下的呢喃」

14

51. 處江湖之遠則度眾生

今天至台北世貿國際會議中心，參加兒科醫學會，並獲頒首屆成立的「基層醫師服務貢獻獎」！

全國兒科醫師約有5000多位，三成在醫院服務，七成遍佈全台各角落開業，爲鼓勵這些廣大的基層兒科醫師，兒科醫學會今年特別成立了這個獎項，遴選三名醫師授獎，很榮幸經由以前北榮兒科師長的推薦，與另兩位尊敬的前輩林應然、賴聰宏理事長，共同雀屏中選！

能夠榮獲這個獎項，固然是對自己從事兒科醫療工作三十餘年的肯定，但心中實則充滿感恩之心！醫學道路，一路受到許多貴人相助，謝謝引領我進入兒科領域的林清淵教授；傳道授業的北榮兒科諸位師長（如黃碧桃、吳子聰、宋文舉、湯仁彬、王心植、吳克恭、陳淑貞、張開屏……等主任、林秋萍護理長）；群英薈萃、腦力共同激盪的學長姐及學弟妹們（如牛道明部長、傅雲慶、蔣世中、陳偉鵬……等院長；鄭玫枝、李必昌、楊令瑀、王馨慧、王壯銘……等主任）；提供我舞台發揮的竹北東元醫院黃忠山院長；昔日林口長庚兒科的大力相挺，全力支援下得以結識的一大票優秀兒科同儕（如林奏延院長、黃璟隆教授、郭啟昱主任、歐良修、葉國偉、姚宗杰、朱世明、江明洲、林建志、陳志榮、余美靜、陳世彥、張明瑜、麥建方、陳君毅、曹景雄、陳木榮、劉維穆、李鴻麟、蕭銘賢、吳昆展、張惟智……等醫師）；自行開業後所受到諸多病童及其家屬的信賴與支持！

曾在一次演講中聽李宏昌理事長說道：「少林寺也有很多打掃、挑水的小和尚；南海普陀寺裡也可能會有得道高僧，千萬不要看不起開業醫！」這句話給我很大的精神鼓舞，不可妄自菲薄；北榮的謝玉林老師教誨我醫生有分兩種，一種是研究著作等身，讓醫生尊敬的醫生；另一種是視病猶親，讓病人尊敬的醫生。如果無法達到前者；至少也要能做到後者！我將范仲淹的名言修改成：「**居廟堂之上則研奇經，處江湖之遠則度衆生！**」

儘管近年來因爲少子化、健保給付低、醫療糾紛頻傳……等原因，使得兒科榮景不再，甚至成爲五大皆空科之一；但每當看到許多昔日照護過的小嬰兒，隨著時間的推移而卓然成長；甚至有病童到現在每年還寄賀年卡向我拜年。心中之成就感非金錢所能等量齊觀！

「**衣帶漸寬終不悔，爲伊消得人憔悴！**」

若要讓我再度選擇一次，兒科仍是我的最愛！

（111.4.27）

獎狀
陳壽祥 醫師對本會有特殊貢獻、
並對發展基層兒童保健醫療工作及
照顧社區民眾有優異表現
特頒
臺灣兒科醫學會基層醫師服務貢獻獎
藉以表揚
臺灣兒科醫學會
理事長
中華民國一一一年四月十七日

臺灣兒科醫學會 第250屆學術演講會
基層醫師服務貢獻獎
陳 壽 祥 醫師
陳壽祥小兒科診所

一一一年度
臺灣兒科醫學會
基層醫師服務貢獻獎
陳壽祥醫師
Dr. Shou-Hsiang Chen
臺灣兒科醫學會 理事長 李宏昌 敬贈
中華民國一一一年四月十七日

111年度
基層醫師服務貢獻獎
陳壽祥小兒科診所
陳壽祥 醫師

52. 莫道桑榆晚，為霞尚滿天

母校中國醫大新竹分院成立二週年了，從創院伊始，我即應邀前來支援兒科診療業務，承蒙陳自諒院長之不棄，今日特頒發「傑出貢獻獎」給本人，因爲自覺受之有愧，特將支援薪資所得，半數捐贈給母校及兒童醫院作爲發展基金，聊充回饋！

會場上終於見到號稱醫界「中霸天」的蔡長海董事長，並合影留念！他是令中國醫大脫胎換骨的靈魂人物，靠著個人的經營長才及雄才大略、大刀闊斧、縱橫捭闔，硬是將一個醫學院的末段班及三級教學醫院，發展晉升爲世界500大學府及一級醫學中心！讓我們這些校友終於可以走路有風，提到母校不再覺得矮人一截，眞是不得不對他感到十分佩服！

「莫道桑榆晚，爲霞尚滿天」！在半退休之年，還能爲母校略盡棉薄之力，並獲得院方之肯定，心中眞是喜不自勝！

（109.12.15）

中國醫大新竹分院陳自諒院長

中國醫藥大學蔡長海董事長

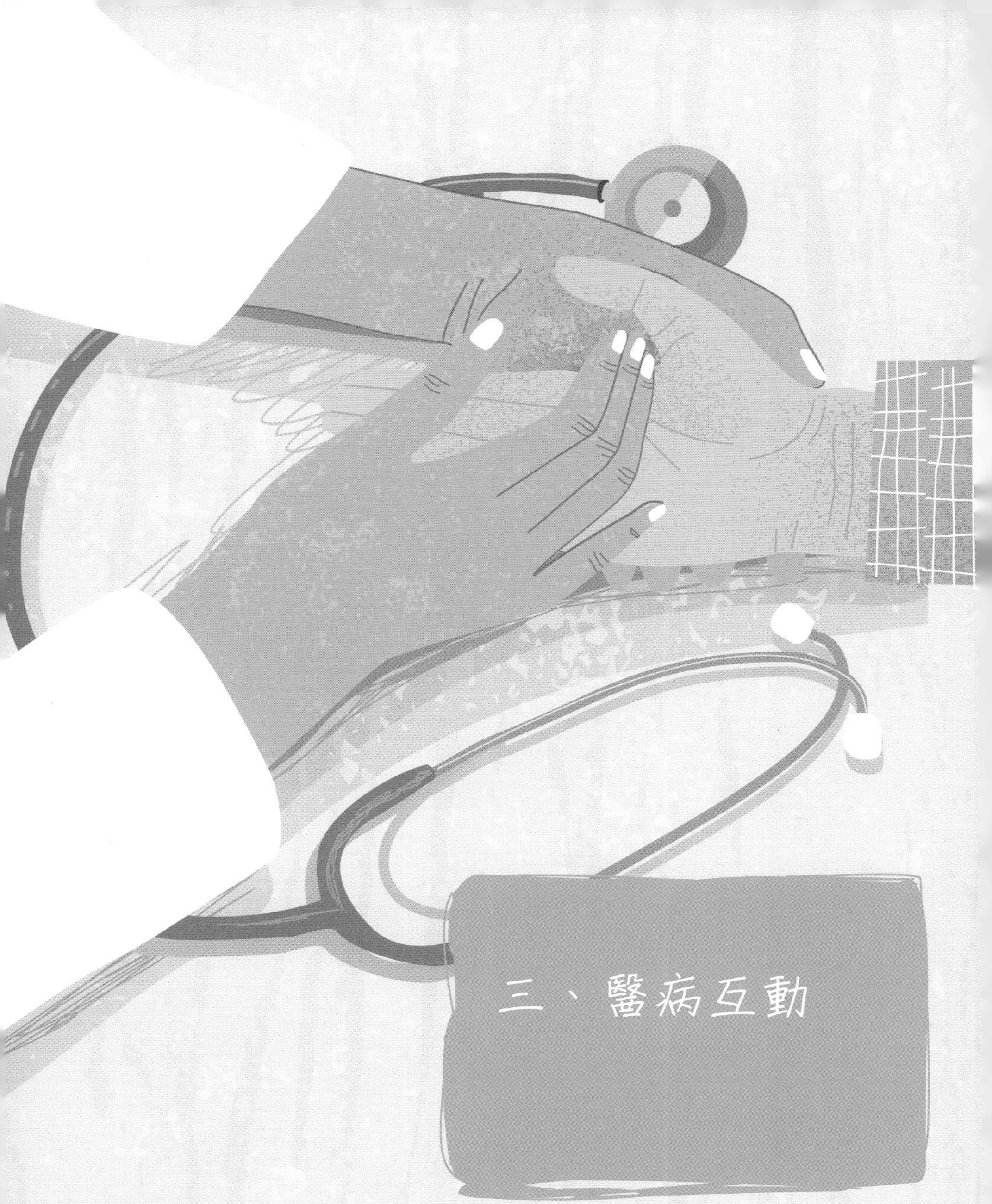

三、醫病互動

53. 到無心處便無憂

十六年前開業第一天，由阿嬤抱來求診的本院病歷第一號病童，今天形移勢易，角色互換，改由他帶阿嬤前來看診，還致贈從海南島帶回來的椰子汁飲料，眞令人不禁感慨，歲月如梭，光陰似箭！

阿嬤年逾八旬，但神清氣朗，中氣十足，因今天下雨病患較少，診療完畢遂開始天南地北閒話當年。她年輕時鬧家庭革命，嫁給一個外省退伍老兵，從言語不通、各自比手劃腳，到老來相依爲命。中年時因媳婦離家出走，祖代母職，將孫子、孫女辛苦拉拔長大，所幸孫兒、女秉性皆乖巧孝順。一路走來，有如倒吃甘蔗，苦盡甘來，靠的是「樂天知命、知足常樂」。阿嬤跟我說了不少道理，如「查某人的命是油麻菜籽命，要隨遇而安」、「在世置得萬頃田，到頭不過三步地」、「笑口常開，便是如來」……。

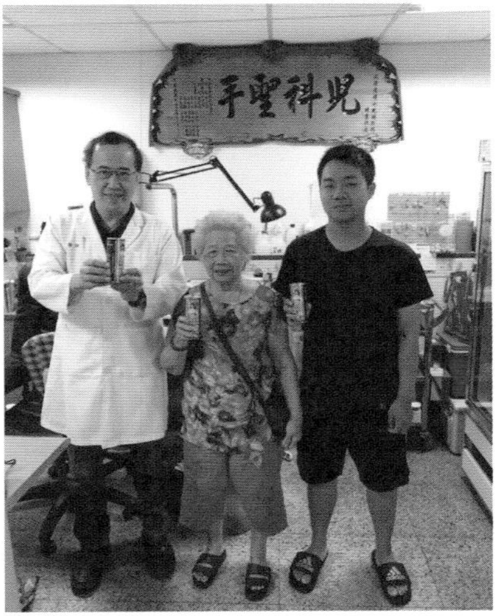

「能自得時還自樂，到無心處便無憂」！老人家的人生智慧，今天著實幫我上了寶貴的一課，可說獲益匪淺！

（108.9.20）

54. 來不及長大的天使

電話那頭傳來，
妳母親的淚求與哀告！
此刻的妳正與死神在拔河，
負隅頑強的搏鬥！
生命力正在快速的流逝！
從小看著妳成長茁壯，
腦海中頓時浮現，
妳的音容笑貌，
水汪汪的大眼睛，
及聰明慧黠的笑靨。
核磁共振造影片印畫著，
腦部受到病魔張牙舞爪似的侵犯，
生命中樞受創，
心肺衰竭的急重症，

致使群醫束手，
無力可回天！

動用醫學中心的人脈及資源，
亦無力挽狂瀾於既倒？
但妳終可脫離皮膚過敏的皮囊，
不再搔癢及終日服藥！

願妳幻化成美麗的天使，
回歸悠遊於天堂！
來世再與妳父母重聚，
並和我再續醫病情緣！
永別了！可愛的小妹妹！

（108.11.1）

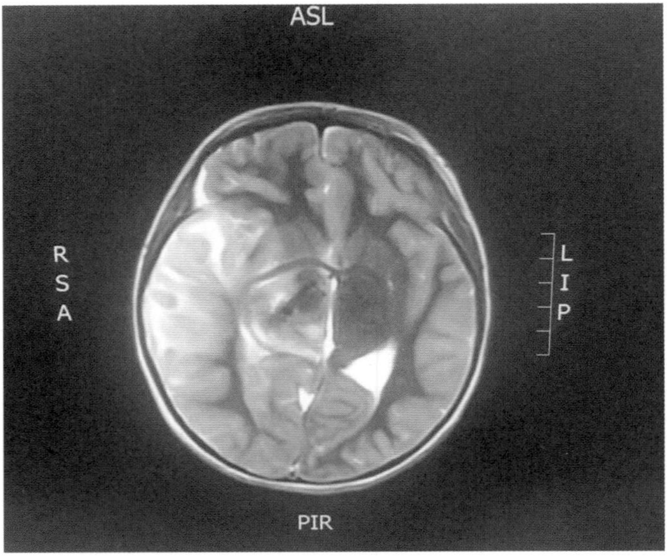

核磁共振造影片（MRI）一顯示腦脊髓膜炎

55. 千磨萬擊還堅勁，任爾東西南北風

（記一位生命的鬥士）

周小妹，因極度早產及罹患先天性複雜型心臟病，出生後在醫院加護病房，住了六個月才出院；心臟更是分階段矯治，動過數次手術。每次看病幫妳聽診時，撩起上衣目睹妳胸部長鏈式的疤痕，也替妳感到不捨；而缺氧的後遺症，導致妳下肢蜷縮變形，必須配穿鐵架才能行走，就診時每每舉步維艱，才能踏到我的面前！每當在診間外聽到鐵架櫜櫜的腳步聲，及喋喋不休高亢的話聲，就知道是妳又來看診了！

難能可貴的是，妳生性樂觀進取，不畏身體的折磨，搞笑式的言語，常將歡樂帶給周遭的人，不時散發光與熱！「小弟弟，你不要害怕，我們要一起加油！」妳會安慰同在候診，哭鬧的其他小病患；「醫生，請你將我身上的病毒趕走！」是妳每次來看病時慣用的開場白；擊掌相慶也是妳離開診間時，常有的搞笑橋段！不過隨著這次心臟手術後，敗血症的併發症，導致身亡。此景只待成追憶；回顧當時已枉然！

今日（5/10）本是感念親恩的母親節，卻成爲妳出殯告別式的日子。白髮人送黑髮人的傷痛，必然令妳父母哀痛欲絕！但我安慰他們，妳終能擺脫上天給妳這一身千瘡百孔不完整的皮囊，奔赴西方極樂世界，也算是一種解脫。難爲的是他們能化小愛爲大愛，讓妳昇華成爲「大體老師」，嘉惠未來醫學院的學子！

上天帶給妳黑暗；妳卻帶給世界光明！從妳身上，讓我認知到-**「生命的寬度勝於它的長度」**；而**「黃泉路上無老少」**！應當更加珍惜生命，活在當下。永別了！生命的鬥士——周小妹！

（109.5.10）

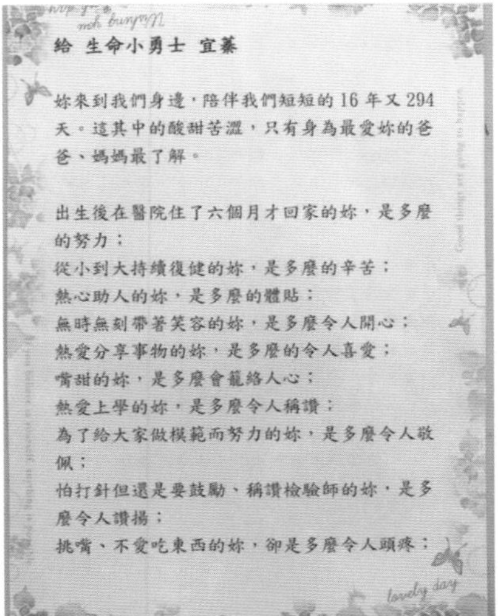

給 生命小勇士 宜蓁

妳來到我們身邊，陪伴我們短短的16年又294天。這其中的酸甜苦澀，只有身為最愛妳的爸爸、媽媽最了解。

出生後在醫院住了六個月才回家的妳，是多麼的努力；
從小到大持續復健的妳，是多麼的辛苦；
熱心助人的妳，是多麼的體貼；
無時無刻帶著笑容的妳，是多麼令人開心；
熱愛分享事物的妳，是多麼的令人喜愛；
嘴甜的妳，是多麼會籠絡人心；
熱愛上學的妳，是多麼令人稱讚；
為了給大家做模範而努力的妳，是多麼令人敬佩；
怕打針但還是要鼓勵、稱讚檢驗師的妳，是多麼令人讚揚；
挑嘴、不愛吃東西的妳，卻是多麼令人頭疼；

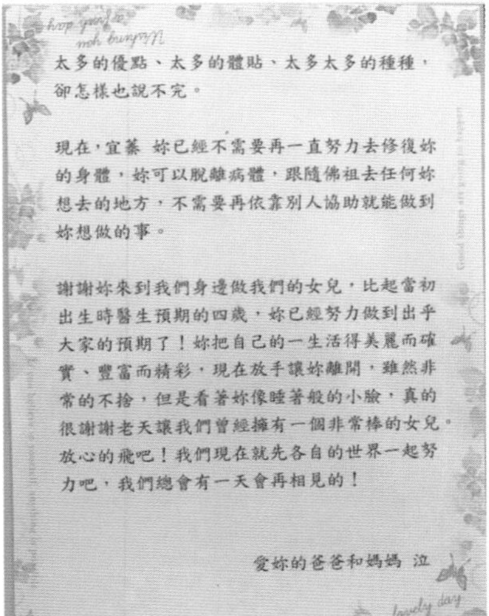

太多的優點、太多的體貼、太多太多的種種，卻怎樣也說不完。

現在，宜蓁 妳已經不需要再一直努力去修復妳的身體，妳可以脫離病體，跟隨佛祖去任何妳想去的地方，不需要再依靠別人協助就能做到妳想做的事。

謝謝妳來到我們身邊做我們的女兒，比起當初出生時醫生預期的四歲，妳已經努力做到出乎大家的預期了！妳把自己的一生活得美麗而確實、豐富而精彩，現在放手讓妳離開，雖然非常的不捨，但是看著妳像睡著般的小臉，真的很謝謝老天讓我們曾經擁有一個非常棒的女兒。放心的飛吧！我們現在就先各自的世界一起努力吧，我們總會有一天會再相見的！

愛妳的爸爸和媽媽 泣

56. 人間處處有真情；真情時時暖人心

身患唐氏症，但卻文武雙全（文能吹長笛、繪畫；武能游泳競技）的楊小妹，自新竹特教學校畢業後，當了一陣子的街頭藝人，經由校方的推薦，今年經由特殊推甄，破格錄取爲海洋科技大學視覺傳達設計系的新生。今天來看診時，特別向我報告這個好消息，聽聞她人生有了新的奮鬥方向，心中也不禁爲她感到慶幸！

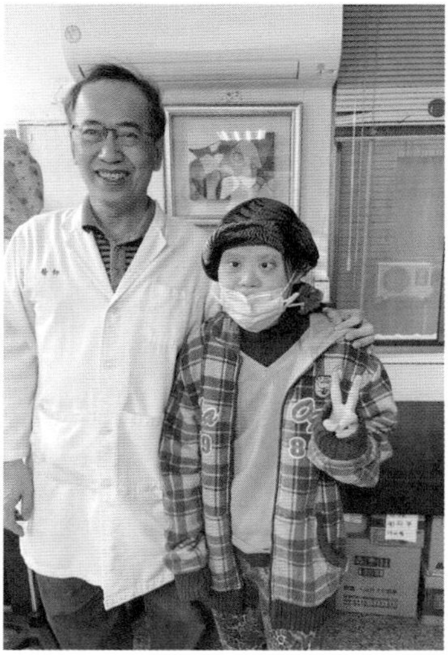

但因她特殊的外觀，一時還難以融入大學同學的社交圈，不免有些挫折感；具有強烈宗教信仰的母親，深信她是上天賜予的寶貝，爲了協助她，特別在學校附近租屋，白天到校陪讀；校方也幫她主動爭取了許多特教資源，試圖減輕她的負擔。果眞**「人間處處有眞情；眞情時時暖人心！」**

我也鼓勵她不要放棄，難得有這個機會可以上大學，就要努力完成學業？**「只要有一個明天，就會有無窮的希望！」**

（110.11.13）

楊小妹假日在新竹十八尖山充當街頭藝人

57. 百煉鋼化為繞指柔

爸爸帶小孩前來做「過敏性鼻炎」的減敏治療，施打塵蟎減敏針，順道詢問老婆子宮頸癌疫苗及小孩十三價肺炎疫苗注射的必要性？經過一番解說，強調其重要性但所費不貲時，本以爲他會打退堂鼓，豈料他竟豪氣干雲的說：「他們都是伴我一生重要的親人，錢不花在他們身上，要留給誰呢？」

此時我對他老婆說：「妳嫁對人了！就憑這句話，這個男人值得妳爲他做牛做馬一生！」我見到她感動之情溢於言表，眼眶旁有淚水溢出！

先生雖外型粗獷，但卻是愛家的好男人！拙於言辭但心思細膩，以行動令家人有「洋蔥」，鐵漢柔情，**「百煉鋼亦化爲繞指柔」**！

看到這個家庭溫馨的一幕，成爲連續假期看診的一帖心靈滋潤劑！

（108.10.11）

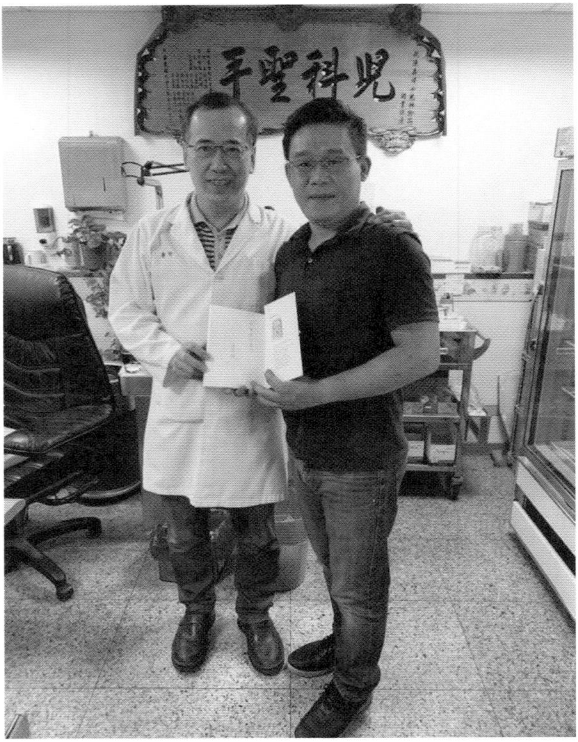
兒科聖手

58. 久病床前有孝孫

診所社區內的住戶，央求我至他老家出診，爲其高齡92歲長期臥床的祖母看診，醫治其腹瀉及血便！感覺像小時候收看電視劇中的情節，醫師提著公事包，帶著吃飯的傢伙（聽診器、壓舌板、手電筒、針劑、棉花……等傢私(台語)），外出至患者家中看診，享受被尊稱一聲「賢謝」（日語）的榮耀！

而這對祖孫之間的故事，更爲令人動容。孫子因爲父母在他兒時忙於事業，主要由其祖父母負責撫養長大，雖爲隔代教養，但卻孺慕情深！奶奶八十多歲時，一次因摔倒而骨折，送至此間某大醫院開刀，手術中因一些醫療疏失，導致奶奶變成植物人狀態！家屬雖向醫院強力訴求「交待」，起初未獲院方積極正面回應？不料她的孫子鍥而不捨，新竹中學學弟、成大環工系畢業的他，辭掉工作，全心照護奶奶；並鑽研「六法全書」，自己書寫訴狀，與醫院纏訟數年，立誓結果未見分曉前，暫時擱置終身大事。最後獲判勝訴，小蝦米硬是板倒了大鯨魚，本來可以獲得巨

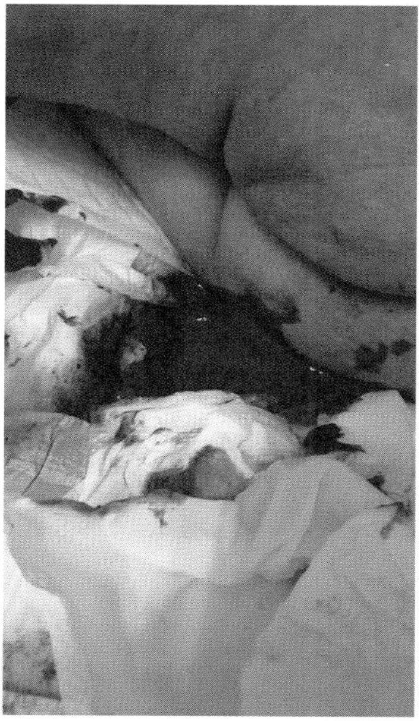

額賠償的原告，卻放棄賠償金，僅要求該院院長帶著全體醫療團隊，至其奶奶床前鞠躬道歉！不爭官司輸贏，只爭是非對錯！

都說「久病床前無孝子」，但在世態炎涼，人情澆薄的今日，我卻真實的見證一件「久病床前有孝孫」的案例！**「烏哺私情，得盡歡於展養」**，堪稱現代年輕人的楷模！

（109.7.31）

59. 在生奉敬一粒豆，卡贏死後拜豬頭

病人前來看病，聊天提及其母親罹患子宮內膜癌末期，藥石罔效，住進安寧病房，最後往生，一路艱辛照顧的心路歷程！娓娓道來，至情至性，令人動容！表現的孝心，與其粗獷不羈的外表難以連結？

後來母子臨終前，商討決定採取比較環保的「樹葬」方式，不與活人爭地！對於這種顛覆傳統的身後處理方式，我略顯好奇，他引一句台語俗諺告訴我：「**在生有孝，生前一粒土豆，卡贏死後拜一粒豬頭！**風光殯葬，都是做給外人看的？」

慎終追遠，又到了清明掃墓，緬懷先人的時節！今年因爲疫情的關係，父親安厝的塔位並未開放，只能在大廳之外遙祭！但我們因提前祭祀之故，且避開假日人潮，故得以破例開放祭拜骨灰罈。願父親在天之靈，能得安息！

（109.4.4）

在生孝敬一粒豆
較贏死去拜豬頭

60. 將相本無種，女兒當自強

現在新的課綱，要求高中生要製作學習歷程，對於未來想要從事的行業，能夠儘早有所認知，最好能夠尋訪從業人員，了解該行業的甘苦。覺得現在的學生辛苦了，要一個十七、八歲的小孩提前了解自己的志趣，除了少數家學淵源及從小重點栽培的小孩，普通家庭出身的小孩，大概很難爲之？坦白說，現在的聯考推甄制度，對於家境清寒的小朋友非常不利，除了功課要好，還須十八般武藝，樣樣精通！無怪乎有人譏諷現在的教改，多「元」入學等於多「money」入學？

一個從小給我看病長大的小女孩，目前就讀國立新竹女中，今日與她同學連袂前來家中社區進行訪談，想要了解醫生這個行業的各個面向。我知無不言、言無不盡，據實以告自己學醫的心路歷程！當初之所以學醫，除了心中懷抱有一絲救人濟世的憧憬；主要還是想要改善家境。因爲見到身爲基層公務員的父親，兩袖清風，以致家用捉襟見肘，而當年聯考分數也正好得以通過醫學系的窄門！後來是在實際執業的過程中，透過與同儕及病人的互動，才逐漸培養出興趣及成就感！

最後勉勵她們，**機會是留給準備好的人**（opportunity is left for prepared mind）！「將相本無種，女兒當自強」！當一個好醫生的前提，一如台北市長柯P所說的，不是愛心、耐心、及同理心，而是要先求考得上！

自己求學就業的過程中，曾經崇拜過不少role model，覺得「有爲者亦若是」。，高中時經由補習班老師推介，得以認識一位「建中」的高材生，他期勉我人生就是要「**in search of excellence！**」這句話影響了我的一生！倘若有朝一日，自己也能成爲別人的role model，也算是對人群的一種回饋！

（110.1.3）

61. 且陶陶樂盡天真

從小被我醫病看大的小病患，現在已經成爲大學生，因長期互動，跟他們的父母也都成爲好朋友，前兩天相約來我家社區打羽毛球，招待他們喝下午茶，度過了一個愉快的下午！

拿起塵封已久的羽毛球拍，與他們做混合雙打，一把老骨頭，不堪年輕人的長短打攻勢，打完後筋骨酸痛不已。與這群年紀小40歲的小朋友一起做運動，感覺心智年齡頓時年輕不少；聊天時也接收學到了不少年輕人的術語，例如：56=無聊、87=白痴、043=你是誰、530=我想你、584=我發誓……，堪稱**「且陶陶樂盡天眞」**！

生命長度的衡量，不在年齡的大小，貴在心態是否年輕！**「老驥雖已伏櫪，壯心仍可不已」**！

（109.8.26）

62. 戰爭沒有贏家，和平沒有輸家

從小看到大的小病人，高中畢業後，負笈烏克蘭求學！原本一切順遂，樂在其中；不料俄羅斯突然發動戰爭入侵，他們幾位台籍留學生倉皇逃逸，在飛機升空的那一刻，看見烏克蘭遭受空襲和轟炸，遍地烽火，親眼目睹戰爭的血腥和恐怖；回到家鄉後才深覺台灣眞是樂土！昨日母親帶他前來診所施打新冠肺炎疫苗，訴說了這段驚險的經歷！

大國、政客間的角力，卻以人民爲芻狗，跟著犧牲和陪葬？看俄、烏兩國兩敗俱傷，**「戰爭沒有贏家，和平沒有輸家！」**爲政者當以智慧處理國際情勢！

（111.4.8）

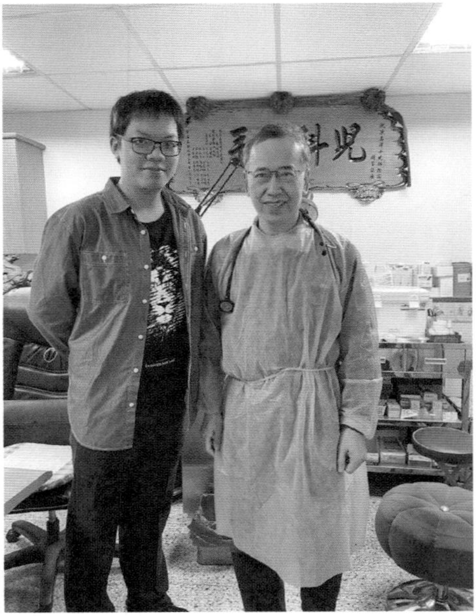

63. 你看過後，我就放心多了

早上看診時，有病患的孫子前來求援，說我的一位老病人謝女士，昨晚如廁時不慎摔倒，無法站立，死活不肯就醫，希望我務必到宅就診，幫忙醫治阿婆！

中午利用休診的空檔，憑藉谷歌導航，按圖索驥，到達病患家中，看到久未見面的阿婆，相逢一笑，多年熟識的感覺瞬間回籠！在談笑中指責病人不該延誤就醫？「陳醫師，謝謝你專程前來，你看過後，我就放心多了！」

原來幾年前她中風後不良於行，從此深居簡出，本來在郵局擔任的志工工作，也於焉放棄！所幸她有位隔代教養的孫子，極其孝順，無微不至得照顧她和先生的晚年起居生活！

經過身體檢查和測試，發覺她無法站立、股骨頭處疼痛異常，懷疑大腿骨骨折，立馬聯絡一一九救護車，將其送至中國醫大新竹分院做進一步處置！X光檢查結果果然與預測相符，緊急開刀後收治住院！

原來醫病之間良好的信任度，可以驅動鐵齒的病患，改變其就醫意願；相視而笑的情境，促使她卸下心防，願意接受專業的建議！台語俗諺「先生緣、主人福」，好似有幾分道理！雖然只是舉手之勞，但能令患者放心、醫者安心，就不虛此行了！

然而看到原本樂觀爽朗的阿婆，不敵歲月及病魔的摧殘，晚年老病纏身；加上最近有同業在睡夢中英年猝逝，心中不禁生起一絲悲涼之感？人皆終歸塵土，短短數十寒暑，應當盡其在我！今天「日行一善」，塵埃落定後，懷著愉悅的心情返回診所，繼續看診服務鄉梓！

（111.8.31）

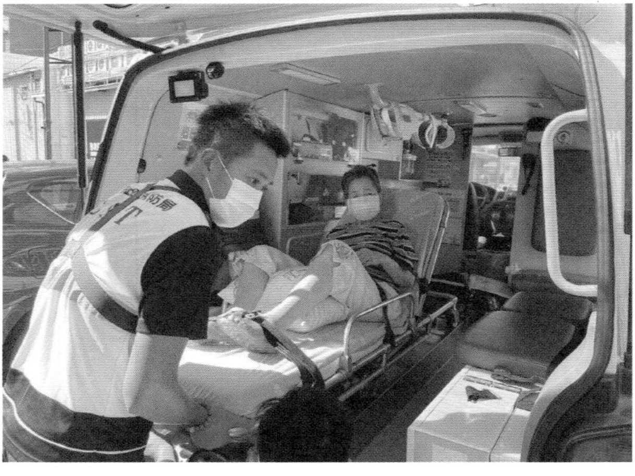

64. 暫伴月將影，行樂須及春；開軒面場圃，把酒話桑麻

今年中秋夜，應診所護士邀請，到其位於關西的老家烤肉同歡！鄉下人果然熱情洋溢，一大家族二三十人齊聚大馬路旁，直接開烤，閒話家常，正是「**開軒面場圃，把酒話桑麻**」，其樂融融！

負責主烤的是其妹婿，任職國軍三三化學兵群士官長，多次擔任大型公共場域，Covid-19病毒清消任務，今年九三軍人節更榮獲模範軍人楷模殊榮，獲蔡英文總統接見頒獎！

小護士從就讀元培醫專時期，到我診所工讀，一路結婚、生子、做到護理長，服務近二十年！個性良善、敬業樂群，是難得的好員工，也算是一股特殊的緣分！開業至今，雖然已達可退休的年齡，但有時覺得自己某方面算是在盡社會責任，因爲背後還要肩負數個員工家庭的生計！

傍晚時原本烏雲蓋頂，心想「**明月幾時有，把酒問青天**」？但至晚間七、八點，一輪明月，高掛昇空！這兩年爲疫情所困，身旁一些病患、親友，都莫名其妙的離世了！希望疫情早日散去，大家能夠回歸正常的生活！

（111.9.11）

NIKE

65. 仗義每多屠狗輩，負心總是讀書人

日本料理店老闆娘又帶著「別人」的小孩前來看病，她聲如洪鐘又熱情洋溢，總讓我對她印象特別深刻！

小男嬰的母親是個輟學的大學生，未婚生子卻又無力撫養，嬰兒外公和料理店老闆是同梯一起當兵的患難兄弟，得知他的困難，老闆娘竟然無償一肩挑起養育小嬰兒的重任！由於嬰兒早產，身體瘦弱，她還自費幫他添購維他命、益生菌……等健康食品，用以強化體質；訂購發送滿月油飯；並給他施打自費疫苗……等！真是充分發揮「人飢己飢，人溺己溺」、「幼無幼以及人之幼」的大愛精神！

我今天幫她餵完口服輪狀病毒疫苗後，隨口調侃的對她說：「又不是妳自己的小孩，妳讓他衣食無缺，已經很對得起他家人了，幹嘛做到這樣『視如己出』？」她正色回答我：「因爲他畢竟也是一條生命啊？我既然答應幫忙照顧，就要負責到底！」一番大義凜然的話，頓時使我油然而生感佩及羞愧之心！

「仗義每多屠狗輩，負心總是讀書人？」年輕大學生父母的縱慾爛情，生而不養，徒然製造社會問題。反倒小人物的至情至性，有時令我們更加景仰萬分！

（108.11.26）

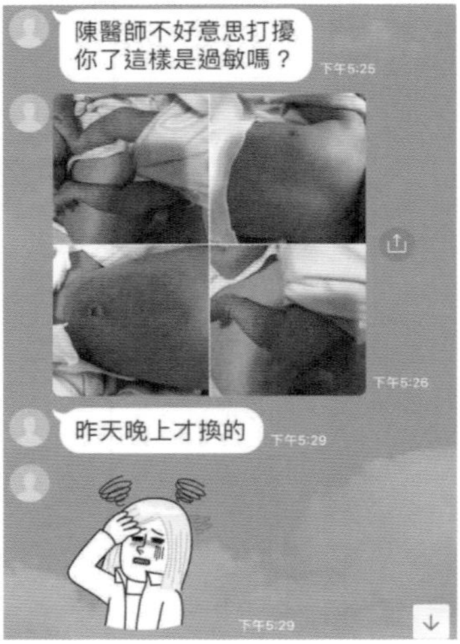
陳醫師不好意思打擾
你了這樣是過敏嗎？
下午5:25
下午5:26
昨天晚上才換的
下午5:29
下午5:29

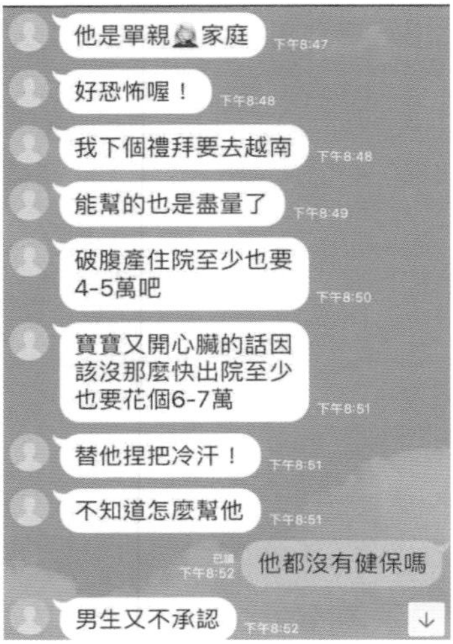
他是單親家庭
下午8:47
好恐怖喔！
下午8:48
我下個禮拜要去越南
下午8:48
能幫的也是盡量了
下午8:49
破腹產住院至少也要
4-5萬吧
下午8:50
寶寶又開心臟的話因
該沒那麼快出院至少
也要花個6-7萬
下午8:51
替他捏把冷汗！
下午8:51
不知道怎麼幫他
下午8:51
已讀
下午8:52
他都沒有健保嗎
男生又不承認
下午8:52

陳醫師謝謝你！母子
都平安順產了！感謝
你的幫忙！後續就剩
寶寶心臟的問題在麻
煩你跟傅院長囉！
下午12:54
35週3天算早產喔！
下午12:55
還有關於親子鑑定問
題！這邊說要掛門診
才可以
下午12:57
這要掛什麼科呢？
下午12:58
下午12:59
已讀
下午1:00

66. 良言一句三冬暖

病患從早上就不斷line我，說有事要找我，心想大過年的，該不會又是有親友想住院，不得其門而入，請我幫忙喬床位（平時常接到這樣的請託）？直到晚上快下診前，病患匆匆走進診間，送上年節禮物，此時心中始如釋重負，並謝謝病患的好意！

面對她真摯熱忱的眼神，驀然回想起，她的三個女兒，從國小開始都是由我幫忙診治，大小問題常找我諮詢；進而擴展到她酗酒憂鬱的哥哥、有點老番癲（台語）的母親，包括她本人因多重壓力，曾經心生輕生的念頭？我開導她：「**生命短暫，塵緣迷茫；時間是療傷的靈藥，什麼都會過去，生命誠可貴，活著才是最重要！**」現在三個女兒都度過了叛逆期，走回正途，結婚生子，也都有了良好的職業及家庭！很高興當初她有聽進去我的話，才有現在苦盡甘來的人生！

有時候患者的病情，需要的並不是什麼仙丹妙藥；而是陪伴在旁同理心的傾聽。所謂「**良言一句三冬暖**」，適時幾句支撐及鼓勵的話語，有時也能帶來彼此相安，意想不到的療效！

過年時節，照例都會收到很多禮物，但許多只是廠商的酬酢往來，只有這件，雖是「**禮輕卻是仁義重**」，讓人心裡格外受用！

年終歲暮，也祝大家Happy 牛year！

（110.2.12）

FOREST
BLESSI
福源
花生芝麻蛋捲

10:47
4G
[redacted]
陳醫師　請問你有在診所嗎？
上午10:59
哈囉
上午10:59
已讀
下午12:07
有
已讀
下午12:23
禮拜三早晚看診
了解
下午12:40
陳壽祥
有
所以，你現在還在診所嗎？
下午12:40

陳醫師　謝謝你這一年來對我全家人的照顧，還有我最愛的媽媽你也很照顧，你是一位好醫師！有醫德的好醫師！更是一位有愛心的好醫師！
下午9:04
新年快樂～
下午9:04
謝謝你
下午9:04
已讀
下午9:07
讓妳破費不好意思！恭喜妳終於苦盡甘來
陳壽祥
讓妳破費不好意思！恭喜妳終於苦盡甘來
不要這麼說！一點心意～
下午9:12
陳醫師 記得在我很受傷時，你曾經跟我鼓勵加油，你告訴我生命誠可貴，我很感動！謝謝你！

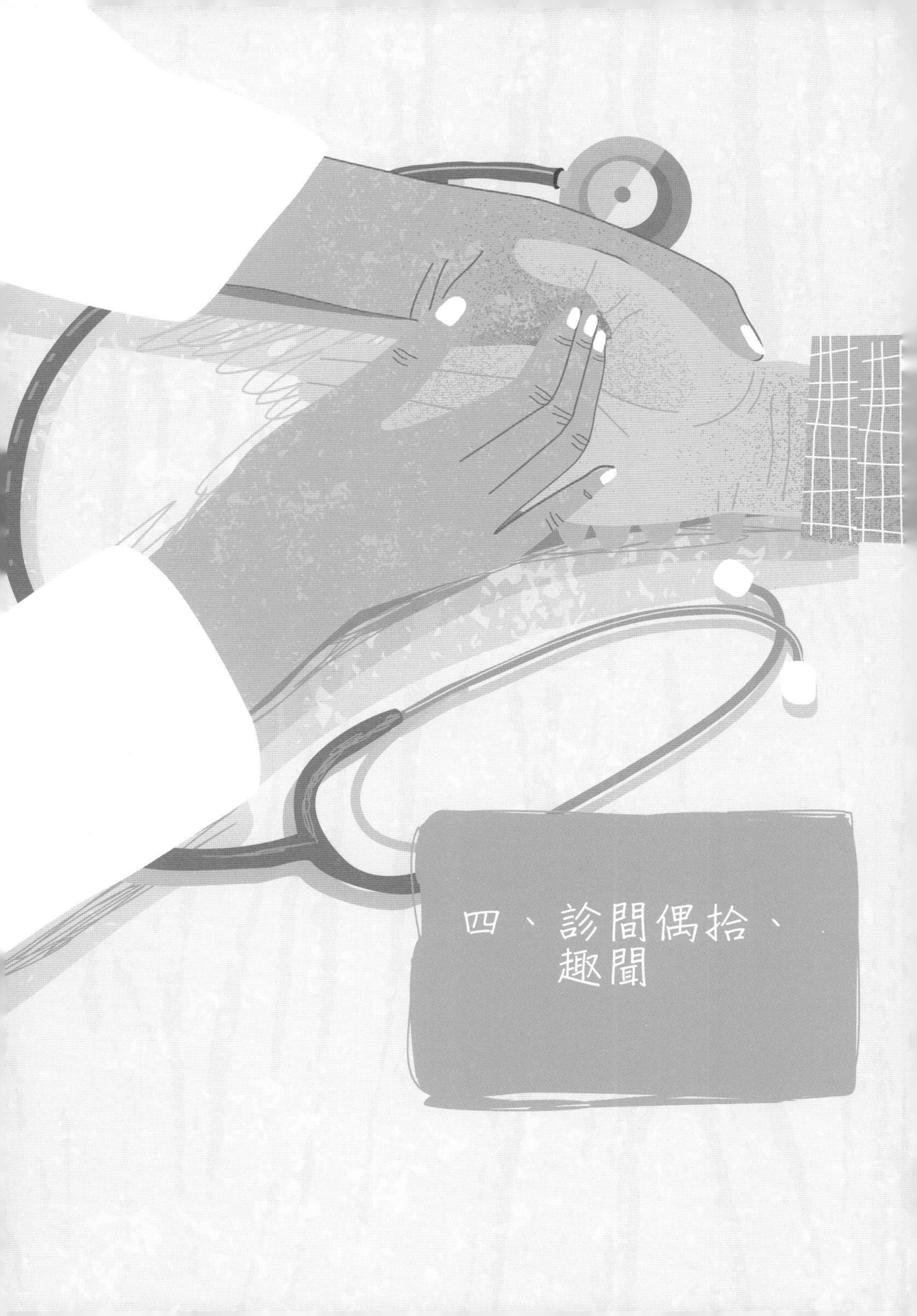

四、診間偶拾、趣聞

67. ~PMPMP~

女兒在網路上讀到一個網路用語（PMPMP），不解其意，就教於我？

PM P MP，卽爲「**拼命拍馬屁**」，取英文拼音的字首，組成的一個火星文！有道是「千穿萬穿，馬屁不穿！」某些時候，此爲職場生存之道；但有實力的人可能不屑爲之！

以前在心臟血管外科實習時，跟過一台刀，病患爲風濕性心臟病的患者，因心臟瓣膜受到細菌感染，導致肥厚變形，心臟閉鎖不全，血液鬱積造成心臟衰竭，需進行瓣膜置換手術！

手術過程，但見主刀醫師，手起刀落，快速切下損壞的瓣膜，並以嫻熟的技術，迅捷的縫合完畢替代用的人工瓣膜！當時我在旁邊負責拉鉤，正看得如醉如痴時，冷不防主治醫師忽然問大家一句話：「你們覺得我的技術如何？」一旁另一位實習醫師搶著答話：「眞是神乎奇技，令人嘆爲觀止！」住院醫師接著說：「主任刀法，國內恐無人能出其右！」總醫師答腔道：「主任的技術，如果稱第二，恐怕沒有人敢稱第一！」此時主任額頭冒出汗珠，總醫師趕緊跟刷手護士拿毛巾，幫主任擦拭汗水，並且邀約主任：「天母忠誠路上，有一家啤酒屋的生啤酒清涼沁脾，晚上要不要去喝一杯消暑？」只有我呆呆的說：「主任手法太快，令我目眩神馳！都還來不及看清楚如何下刀及縫合，手術就已結束了，但還是大開眼界！」

後來體悟到，這個就是爲什麼我不適合做外科，而走小兒科的原因了！這個科別的屬性，老師們大多比較良善，小朋友們天眞無邪，比較不需要「PMPMP」吧？

（109.717）

68. 新冠肺炎疫苗注射趣聞

近來配合政府施打新冠肺炎疫苗，幾乎占據了門診的大半時間，每天緊湊的生活中，冷不防會有一些情境笑話出現，爲一層不變的生活帶來些許調劑樂趣！

(1) 越南外配前來施打疫苗，

護士小姐問道：「小姐，請問妳的名字？」

外配答道：「沒吃飯」

護士小姐：「沒吃飯，容易低血糖，暈針哦?下次打針記得不要空腹啦！那小姐請問妳叫什麼名字呢？」

外配仍答道：「沒吃飯！」

護士小姐微動怒：「小姐，我很忙耶？」

我趕緊上前打圓場，拿起健保卡一瞥，不禁莞爾一笑：「妳嘛幫幫忙?人家叫『裴氏范』，不是『沒吃飯』啦？」

(2) 外勞準備施打COVID-19疫苗前，問道：「小姐，要『擦藥』嗎？」

護士小姐：「打針前我們會擦酒精，不用擦藥喔？」

只見外勞微慍，將手掌靠在腰際，說道：「小姐，我是問需要『叉腰』嗎？」

大家聽了忍不住噗嗤大笑！

(3)BNT疫苗注射後，被報導有產生心肌炎的併發症，雖然機率甚低，卻也使一些民眾望而卻步，每當民眾有所疑慮時，我就安慰他們說：「你買過樂透吧?應該沒有中過吼?所以也應該不會那麼倒楣?」民眾聽了就比較寬心，這個話術每次都屢試不爽!

今天當我又故技重施時，不料民眾對我說：「醫生，我中過四星耶?」令我不禁一時語塞，期期艾艾的說道：「那……那……那……你要多注意!多保重!」

（110.10.29）

69. 無欲則剛

病人：醫師，請問一下你自己的新冠疫苗第三劑選哪一種？

醫生答：老衲法號莫得，不求成爲「高端」人士；不敢奢望「輝瑞」人間！阿彌陀佛！

（111.1.15）

70. 醫生也瘋狂

Covid-19視訊看診場景

病人：「醫生，我是常山趙紫絨，我身體不舒服，快篩兩條線，應該是確診了？」

醫生：「常山趙子龍，五虎上將耶！身體應該很好，可惜妳是女生？」

病人：「我是巾幗不讓鬚眉！好嗎？」

醫生：「會發燒、身體疲累嗎？」

病人：「會喔！比長阪坡七進七出還要累？」

醫生：「要居隔一個禮拜喔？那個扶不起的阿斗呢？」

病人：「交給他爸爸了，被摔到地上，不知道有沒有摔笨？我自身難保，先求救命再說？」

天啊？醫生看病累了嗎？還是病人穿越劇看太多？時空交錯，不知今夕何夕？兩人還交互配合演出，張飛打岳飛，煞有介事？颱風天屋外風雨交加，室內對著手機螢幕視訊問診，自娛娛人。

（111.9.12）

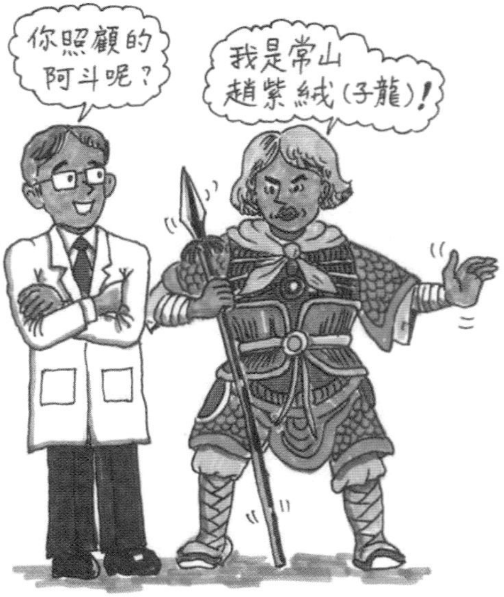

71. 醫學大白話

病人：「醫生，請問什麼是新冠肺炎『次世代疫苗』？」

醫生：「病毒不斷的演化，從Alpha、Delta到Omicron，再到Omicron BA.1、BA.4/BA.5，乃至美國現在出現BA.7病毒株！疫苗公司針對這個狀況，也不斷研發新款疫苗，去對抗新型變種病毒株，求取注射疫苗後，能獲得較佳的有效性，這就是所謂的『次世代疫苗』！」

病人：「太複雜，聽不懂？」

醫生：「以你用的手機做例子，以前打的A-Z、BNT、莫德納，大概就是iphone8、10；次世代BA.1是iPhone12，BA.4/BA.5是iPhone13，未來若有針對BA.7.那就是iphone14！」

病人：「哦，我聽懂了，那我要打iphone14！」
醫生：「rrrrrr，但國內目前只有iphone12……？」

#Moderna次世代雙價疫苗
#雙價疫苗能夠同時誘發對抗Omicron BA.4/BA.5變異株的中和抗體免疫反應

（111.11.14）

72. 橫看成嶺側成峰，遠近價格皆不同

衛福部擬將自費醫材的收費，設天花板上限，引起醫界大反彈，咸認官方將醫療共產化，齊頭式的平等，不利國外高級醫材引進台灣？

這不禁讓我想起一則整形外科醫生好友，跟我說過的笑話。

當年剛出道開業時，因爲知名度不高，爲了能與江湖前輩匹敵，採取薄利多銷的經營策略，別家隆乳收費13萬，他只收8.8萬，由於技術精良加上行銷模式奏效，一時之間上門求診者絡繹不絕！

有一天一個小女生在諮詢完畢後，囁囁嚅嚅的欲言又止，好友和顏悅色的問她：「這位小姐，我已經詳細的跟妳說明整個處置流程，還有什麼疑問嘛？歡迎不吝發問！」只見此時小女生誠惶誠恐的說道：「不是啦！醫生，我看你家收費比別人便宜很多，不曉得你們隆乳是隆一對，還是只隆一個？」

（109.6.16）

73. 望文生義

病患：「請問你們診所今年自費流感疫苗有幾種？價錢爲何？」

醫生：「有葛蘭素、巴斯德、東洋三家，前二家定價$950，後者$1400。」

病患：「有什麼差別？」

醫生：「前二者爲傳統雞蛋胚胎培養；後者爲新的技術，細胞培養型，抗體生成有效性及穩定度較佳，又可避免蛋白過敏的問題，但是價格較貴？」

病患：「我印象中，東洋製藥是臺灣廠，爲何價格反而比較貴呢？」

醫生：「##的爸爸，我記得你是開賓士車的吧？賓士車雖然是德國製造的，但是它新竹的代理商叫『聯立』公司。」

……哦，哦……。~病患秒懂~

（109.10.14）

74. 雞同鴨講，診間偶拾

病人前來看診，秀出公司體檢報告表，只見一片滿江紅——血糖、血脂肪、膽固醇、低密度膽固醇、尿酸，尿蛋白，血壓值、BMI（身體質量指數）……皆嚴重超標。不經皺起眉頭，語重心長地告誡病人：「你要好好的控制體重、飲食及身體健康，否則會提早去跟上帝喝咖啡的？」

病人竟回答我：「醫生，我是不喝咖啡的，除非上帝請我喝茶，我才會去！」

此時心中OS：「XD，不是上帝無論請你喝什麼，都最好不要去赴宴嗎？」

（109.11.9）

75. 兔死狐悲，物傷其類

下午門診時，來了一個病人：「醫生！我在竹北住了30多年，以前常去看的幾家診所，三民路的X耳鼻喉科，幾年前癌症死了；博愛街的＊＊＊小兒科，前幾個月心肌梗塞也走了；火車站附近的＊＊＊耳鼻喉科，最近聽說身體不好也歇業了，只有你還活著健在看診耶……！」

聽完後，心中：「哇哩咧ooxx！」臉上三條線，一時不知如何回應?只好勉強自我解嘲：「好人不長命，可能我是禍害吧？」

病人走後，跟診護士戲謔得跟我說道：「看過他的醫生，都提早回去了，醫生你的命比較『硬』喔？」

（112.1.7）

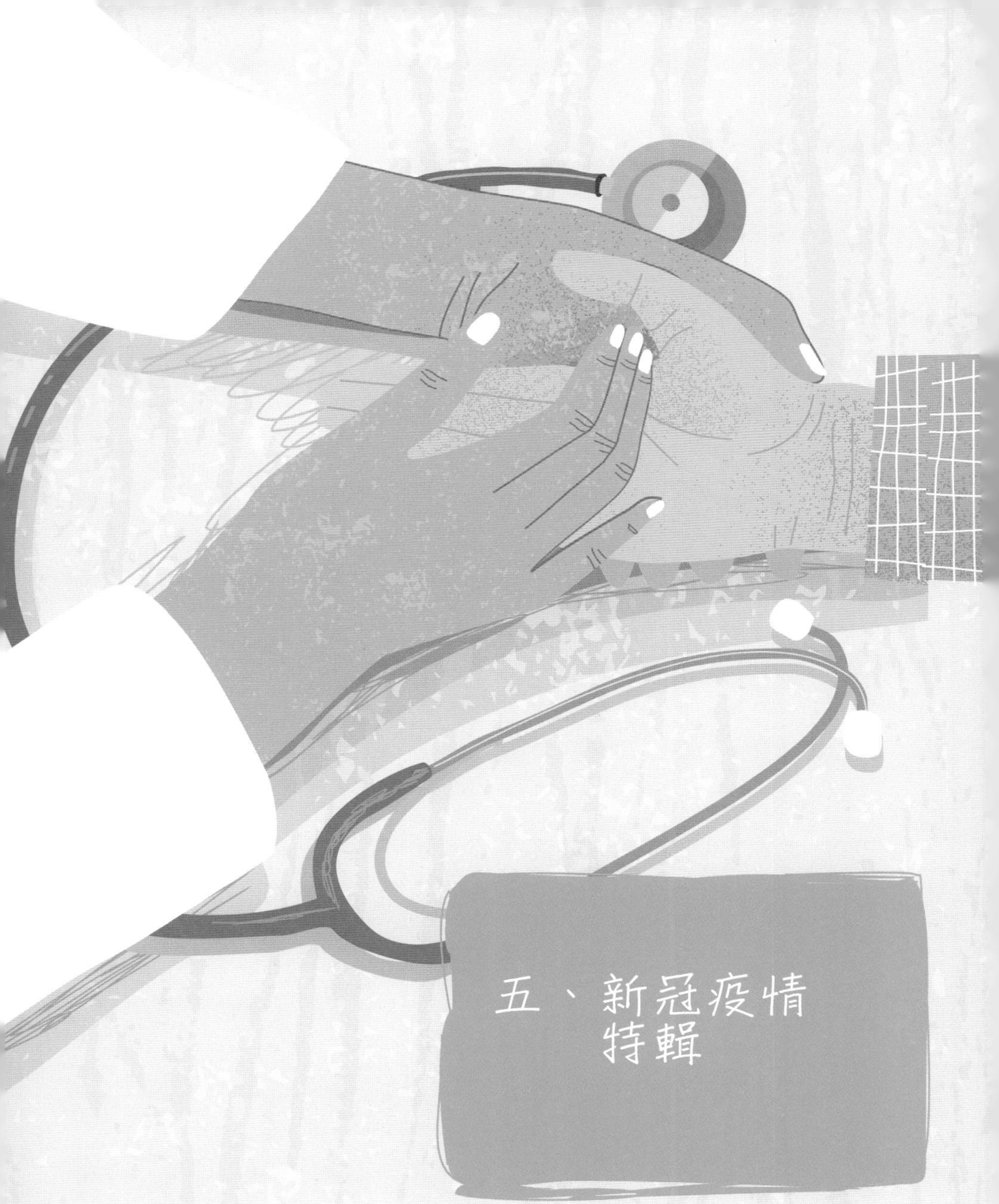

五、新冠疫情特輯

76. 德不孤，少有鄰

WHA世界衛生大會正在瑞士日內瓦舉行，臺灣一如預期仍未收到邀請函，再度被拒之於門外？

回想起二十多年前還是「憤青」的時期，滿懷一腔熱血，自費參加「全國醫師聯合會」召募的台灣參加世衛宣達團，遠渡重洋至日內瓦世界衛生組織會場，表達訴求，拉布條，發傳單，想貢獻一己棉薄之力，爲台灣做一些事情？

但國際形勢是現實的，「弱國無外交」，遊行遭到驅趕；傳單被棄如敝屣。只有少數幾個非洲小朋友國家表達支持！「德不孤，卻仍少有鄰」，一如台灣島內目前新冠肺炎疫情大爆發，我們輸出口罩幫助他國，卻換不回疫苗的困境？

防堵並不能驅散病毒，疫苗注射形成群體免疫才是王道！政府要加把勁，想方設法購買疫苗才是！

彰基急診科周志中醫師夫婦、沈富雄立委

世衛大會會場門口，台灣醫界拉布條抗議WHO排除台灣入會

（110.5.25）

77. 但使防疫專家在，不教病毒度陰山

這兩天門診來了幾位竹科公司外派大陸，回台過年的工程師，也有幾位在大陸工作的台商，看診時不免心中有些發毛，加上最近流感病毒、腸胃型感冒大流行，爲求自我保護，特將十多年前SARS流行期，看診用的護目鏡重新戴上。當年SARS肆虐，風聲鶴唳的景像又依稀回到眼前？但相信有了既往「抗煞」的經驗，這次的疫情應不致失控才對！

引發「武漢肺炎」的新型冠狀病毒（2019-nCoV），確定是SARS的進化病毒，致病機轉完全相同。病毒進入人體後干擾免疫系統，讓免疫系統誤認肺細胞是外來物，從而發起進攻。病人遭到自體免疫系統的攻擊，目前市面上仍缺乏有效的專一抗病毒藥物，這個病毒（2019-nCoV）比SARS更爲頑固：

(1) **潛伏期更長**，且在潛伏期卽有傳染力。

(2) 有患者從感染到發病，再到死亡，體溫始終是正常的，也就是說，**發熱不是該病的特徵症狀**，通過體溫篩檢不能確保完全篩查的出，仍有漏網之魚？這也是爲何要封城的原因。

(3) **傳播速度更快**，目前只獲得空氣傳播的證據，但不能明確是否還有其它途徑。所以，暫別聚會；休息時自己在家喝茶，看書，打坐，靜思。最好的治療就是儘量不被病毒感染。

這個2019-nCoV是SARS的進化版，第一波感染的死亡率約15%左右；接下來可能會走2個趨勢：

(1) 年輕人及有做防護、病毒暴露量較少者死亡率低；

(2) 被動不慎暴露大量病毒者，或是長期臥床（慢性病）的老人，死亡率較高。

結論是：有預防的人（包括口罩、勤洗手、注射疫苗……等），較不易被感染或即使不幸染疫後，症狀也較爲輕微；疫調不明或輕忽疫情者死傷較高！

最後以一幅歷史名人春聯，祝大家都能去病、棄疾！

（109.01.26）

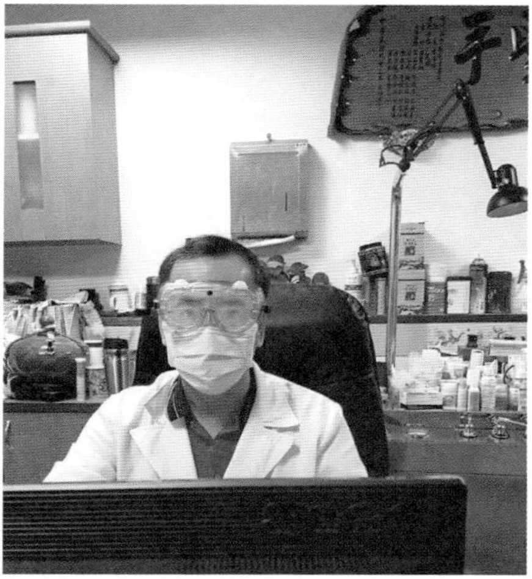

78. 疫病考驗人性，災難鍛煉國魂

新型冠狀病毒肆虐，疫情有如燎原之火四處擴散，且因社群軟體各種資訊充斥，使得人心惶惶，診所就診人數急遽下降！但正好利用此難得的清閒時刻，多讀了幾本好書！

其實以海峽兩岸一衣帶水之隔，及來往互動如此密切，發生社區感染只是遲早之事，能夠阻絕境外到今天，已經很不容易！就在此人心不安之際，還是碰到一些感人事蹟，這幾天陸續有病患，將其好不容易爭取到的口罩（包括N95），拿來送給我們診所員工使用，就在我們推辭不受之際，竟表示：「感恩你們醫護人員不懼危險（其實說完全不怕也是騙人的，但我們仍要養家餬口），站在第一線，保護我們民眾的健康，口罩你們比我們更爲需要，因此送你們使用，更具實用意義！」甚至還有人送來水果慰問診所同仁的辛勞！

正所謂「**疫病考驗人性，災難鍛煉國魂**」！台灣令人感受最美麗的風景，但願還是人！

（109.2.22）

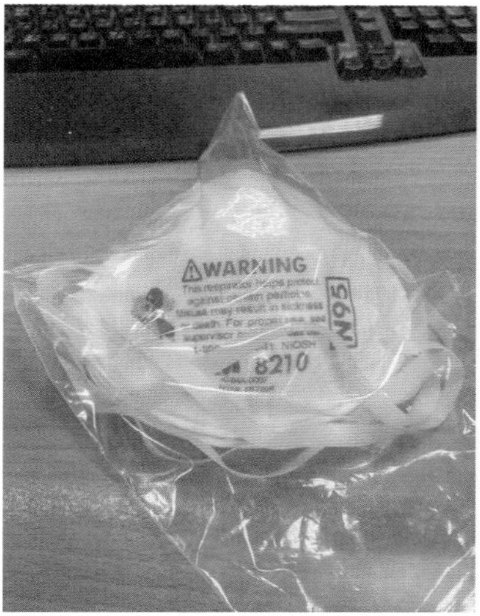
WARNING
N95
8210

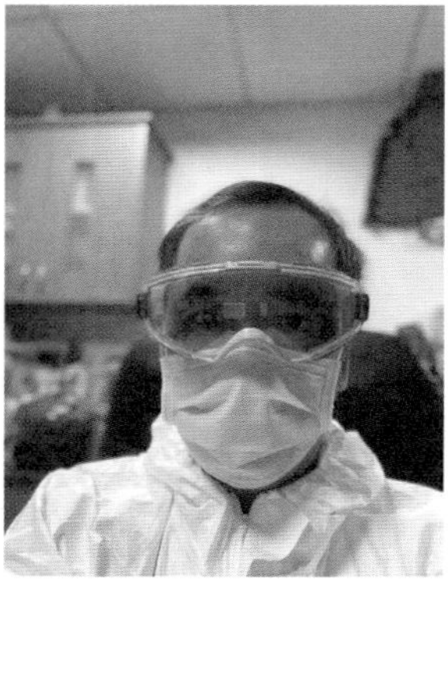

79. 感「時中」濺淚，恨別陸客心

受教育部國教署及小兒科醫學會之託，前來竹北市光明國小做防疫大使，宣導新型冠狀病毒的防治！

演講時告訴小朋友，兒童的免疫力沒有那麼強，得到之後體內的戰況不會過於慘烈，因此引起的臨床症狀不會這麼厲害（比較學術化的說法是不會引起厲害的細胞免疫風暴cytostorm）！只是要小心不要成爲無症狀帶原者，感染家中的老人家。注意有病就不要到校，少出入密閉空間及公共場所，咳嗽打噴涕時捂住口鼻，勤洗手，學校也要注意環境消毒！

但看到底下所有的小朋友還是都戴上口罩，老師抱怨在校門口量體溫量到五十肩發作！個人認爲這個政策有點勞民傷財，因爲發燒本來就不應到校，量到體溫正常也不能排除無症狀帶原者？

中央防疫單位採取高規格對待，下級學校單位師生也不得不配合！衛福部努力防疫，精神是值得肯定的，但如此做法，可能要付出巨大的經濟損失作爲代價？而人命無價！孰輕孰重就交由專家去判定吧？

感「時中」濺淚，恨別陸客心！

疫情連三月，口罩抵萬金！

差堪比擬現今的狀況？

（109.2.27）

80. 風聲鶴唳，草木皆兵

（一）病患A打電話來：「醫生，我家住**台北萬華區**，上禮拜有回家探視父母，晚上睡覺時吹冷氣，導致流鼻水，沒有發燒。但我去三家診所，都被拒於門外。請問你可以幫我看診嗎？」

醫生：「聽起來像是小感冒！OK啊，你過來！」病患聽後感激不已，連聲道謝！

（二）病患B看診前，對跟診護士說：「小姐，我看前一個病人有咳嗽，麻煩妳拿消毒液，把那個座位及附近，先消毒殺菌乾淨，我再進去！」

護士心中OOxx，臉上三條線？

醫生莞爾笑道：「沒關係，妳就消毒一下，讓她安心！」

（三）病患C一踏入診間，看到醫生全副武裝（圖1）不自覺倒退一步並說道：「醫生，新竹疫情也這麼緊張了嗎？但我覺得你的裝備還不夠齊全耶？」

醫生立刻補戴上髮帽及手套，並改換全套連身防護衣（圖2）：「謝謝指正！我不應該這麼偷懶？」

新冠肺炎疫情因群聚產生了破口；因普篩而揭露了社區感染的事實。疫情突轉嚴峻下，每天看診都會不時出現上述令人啼笑皆非的狀況！

民眾因爲無知或過多的資訊，而心生恐懼?眞可謂風聲鶴唳、草木皆兵！一味的防禦，無法打贏最後的勝仗！我們一方面要做好自我防護，提昇個人免疫力；最終還是要期待政府，早日採購足量的疫苗，讓民眾大量注射，才能形成群體免疫保護，克敵制勝！願天佑台灣！

（110.5.20）

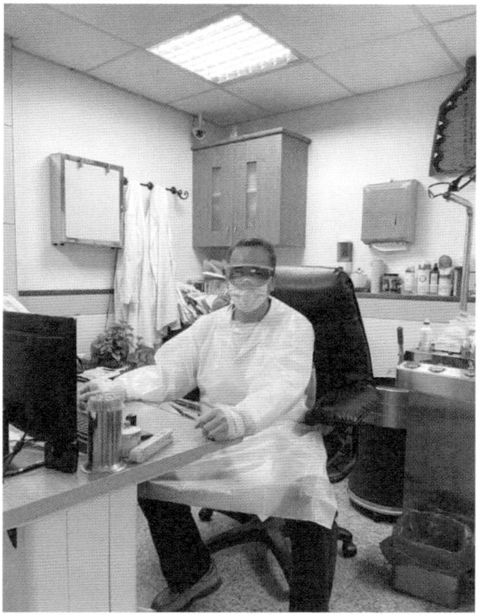

圖1

圖2

81. 以慈悲心待人；以謙卑心待己

今天中午利用門診的空檔，到東元醫院注射COVID-19病毒AZ疫苗，現場大排長龍，應是疫情大爆發，原本抱持觀望態度的醫護人員及符合優先施打條件的民眾，在別無選擇的情況之下，紛紛前來施打！希望其他疫苗能夠早日到來，惠澤眾生！

疫苗本是救人之良方，卻因政治攻防而染上了顏色！鄧小平說：「不管黑貓、白貓、只要會抓老鼠的就是好貓！」不管心中堅持的理念爲何，現階段應該「政治放兩邊，救人擺中間！」如今每天都有死亡的人數不斷累積，每一個人都代表一個破碎的家庭！自主性封城，對經濟的斲傷，更是無以復加？

古人言：「人生在世，有三不能笑：不笑天災，不笑人禍，不笑疾病。立地爲人，有三不能黑：育人之師，救人之醫，護國之軍。千秋史冊，有三不能饒：誤國之臣，禍軍之將，害民之賊。讀聖賢書，有三不能避：爲民請命，爲國赴

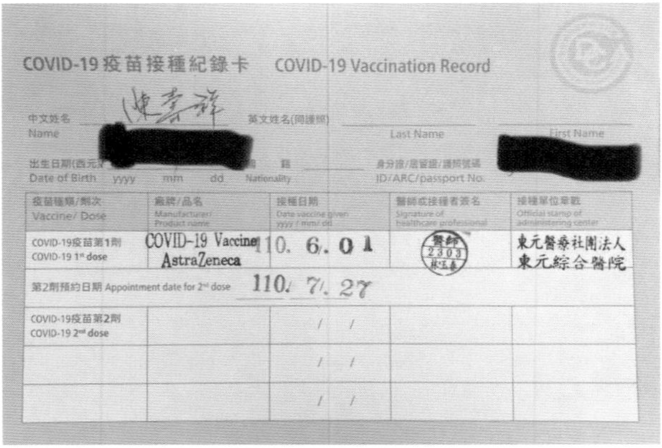

COVID-19疫苗接種紀錄卡 COVID-19 Vaccination Record

中文姓名 Name [redacted] 英文姓名(同護照) Last Name [redacted] First Name

出生日期(西元) Date of Birth yyyy mm dd 國籍 Nationality 身分證/居留證/護照號碼 ID/ARC/passport No.

疫苗種類/劑次 Vaccine/ Dose	廠牌/品名 Manufacturer/ Product name	接種日期 Date vaccine given yyyy / mm / dd	醫師或接種者簽名 Signature of healthcare professional	接種單位章戳 Official stamp of administering center
COVID-19疫苗第1劑 COVID-19 1st dose	COVID-19 Vaccine AstraZeneca	110. 6. 01	醫師 2303	東元醫療社團法人 東元綜合醫院
第2劑預約日期 Appointment date for 2nd dose	110. 7. 27			
COVID-19疫苗第2劑 COVID-19 2nd dose		/ /		
		/ /		
		/ /		

難，臨危受命。經商創業，有三不能賺：國難之財，天災之利，貧弱之食。」

願掌權者以**慈悲心待人，以謙卑心待己**。以蒼生爲念，少一些政治算計，多一些悲天憫人！

（110.6.1）

82. 但願世間人無病，何愁架上藥生塵

新冠肺炎疫情延燒不知伊於胡底？身處防疫第一線，每天面對未知病史的潛在病患，無不戰戰兢兢！爲求自保，只好提升防疫裝備！

「工欲善其事，必先利其器」！感恩衛福部、衛生局，醫師公會、診所協會、公賣局、健康力公司……，全部動員起來，建立大數據連結，讀取健保卡即可查詢過去一個月旅遊史，並提供外科口罩、N-95口罩、團購酒精、額溫槍、護目鏡、防護面罩，隔離衣……等防疫物資，使我們不致暴露於危險之中！

受疫情波及，病人都不敢上醫療院所，各診所業績均大幅滑落，同業一片哀鴻遍野！但也令人反思，如果此時可以不用那麼頻繁就診，平常民眾對於健保資源是否過度使用！

「但願世間人無病，何愁架上藥生塵！」我雖然還未達如此超凡入聖的心境，但若大家可以不生病，少就醫，未嘗不是一件好事！非常時期，平安是福！

（109.3.11）

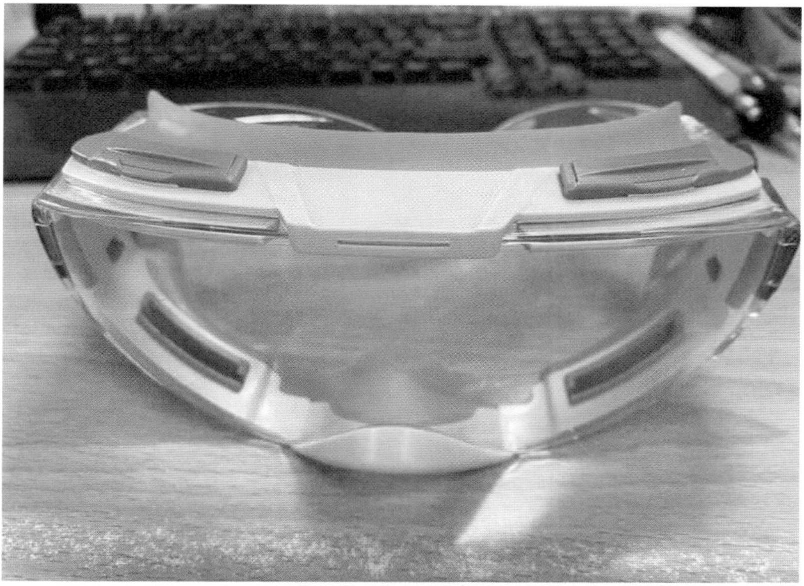

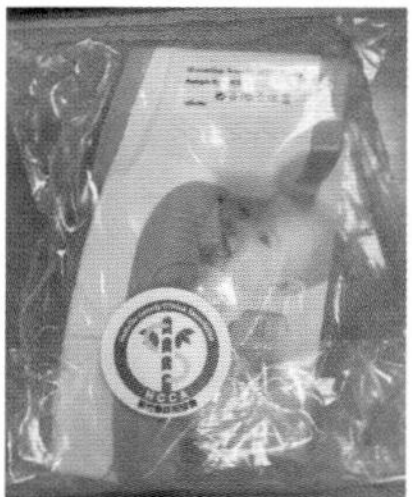

捷可淨

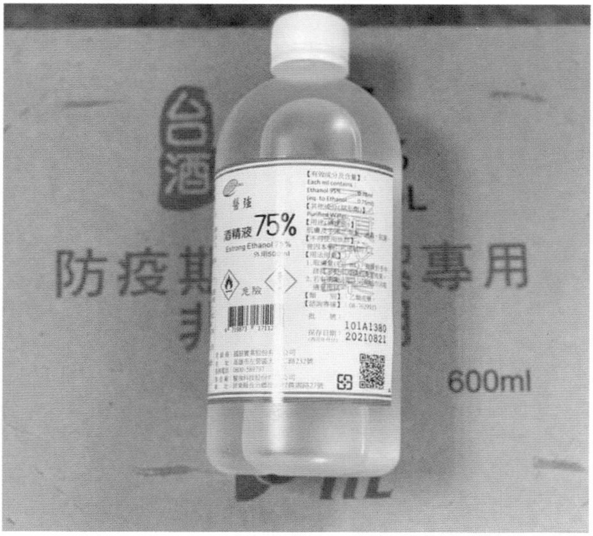
台酒
酒精液75%
危險
101A1380
20210821
600ml

83. 陳力就列，不能則止

今天下午幫新竹縣醫師公會及診所協會，支援縣府竹東新冠肺炎篩檢站，爲防疫工作盡一分棉薄心力！

篩檢站位於竹東河濱公園，地勢空曠，空氣流通，組合屋內有空調，全副武裝下不至過於悶熱；有壓克力板阻絕，只有兩個手套伸出，與受篩者不必面對面接觸，相對安全！一個下午和中國醫大新竹分院前來支援的骨科陳威仁主治醫師配對，篩檢了八十多人！

政治的水太深，非小人物所能與聞；疫苗採購的過程，也不是人微言輕的我們所能置喙？小鎮醫生所能做的，就是參與大型篩檢站及注射站的工作，盡力提昇篩檢的量能，及疫苗注射的覆蓋率，早日達到群體免疫的效果！

今天也很高興新認識一位同爲parter的陳醫師，工作空檔時隨意閒聊，由於都是出身臺北榮總，從過去北榮的學習經驗、師長、同事、聊到目前竹北的房價……。可說相談甚歡，也了解一些年輕醫師的人生觀及價值取向！

最後被問道：「前輩！你打算何時退休？」我思索了一下，隨口唸出論語的詞句：**「陳力就列，不能則止！」**

（110.6.25）

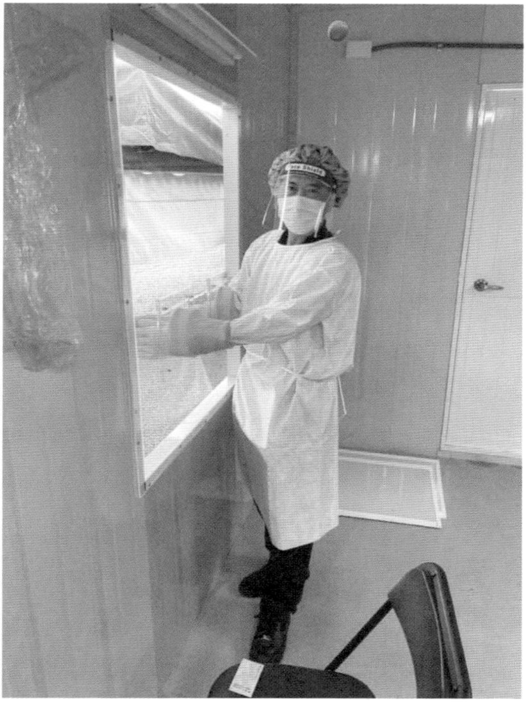

84. 悼國殤

端午生死兩茫茫，禁返鄉，急解盲！
萬人染疫，無處話淒涼？
縱使相逢應不識，罩遮面，人心惶！
冷面橫對同胞亡，普篩擋，高端放？
相顧無言，惟有淚千行！
料得來年腸斷處，千人逝，悼國殤！

（110.6.13）

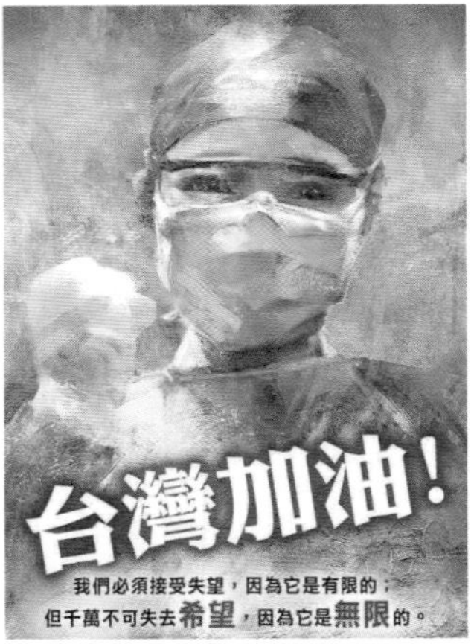

美國聯邦參議員搭乘美軍運輸機C-17抵台！帶來美國援助台灣莫德納新冠疫苗的好消息！

85. 疫苗注射新三不政策

國產高端疫苗今日開打，儘管批評聲浪不斷，診所內本週預約170人次全部額滿？好奇心驅使下，不禁做了一番民意調查：

(1) 主管指示，沒打疫苗不能進公司上班，反正沒差，有打對公司有交待就好！**（交差了事心態）**

(2) 我就是愛「呆完」，支持國產疫苗！**（綠色信仰召喚成功）**

(3) 效法蔡總統，將手臂留給「高端」疫苗！**（偶像崇拜效應）**

(4) 我是學校老師（也有教科書廠商），開學在即，又苦等不到其他疫苗，只好加減先打，免得還被要求定期做快篩，陰性才能入校園？**（飢餓行銷奏效）**

(5) 反正我是「低端」人口，又沒有能力出國，打一打看會不會變成「高端」人士？**（大環境無奈下，自我解嘲？）**

(6) 我雖是藍色信徒，但有投資「高端」股票，打高端疫苗，看股價能不能持續飆升！**（現實主義者）**

(7) 也有知識分子說，有前副總統（公衛專家）及這麼多學者、教授掛保證，要相信專業！**（名人效應）**

不得不說這個政府厲害了，行銷策略成功！雖未經過三期臨床試驗，但許多醫學院老師、專家，用二期實驗數據，所產生高效價的中和保護抗體，以「**免疫橋接**」方式掛保證！

時間終會證明一切！身爲基層防疫醫師，只能忠實的執行疫苗注射政策，由於不是疫苗專家，只知次蛋白疫苗至少安全性是相對較高的！對於這支新出爐的國產冠狀病毒疫苗，就是秉持「**不背書、不拒絕、不批判**」的三不政策，忠實執行完成衛生所交付的注射任務！

（111.8.23）

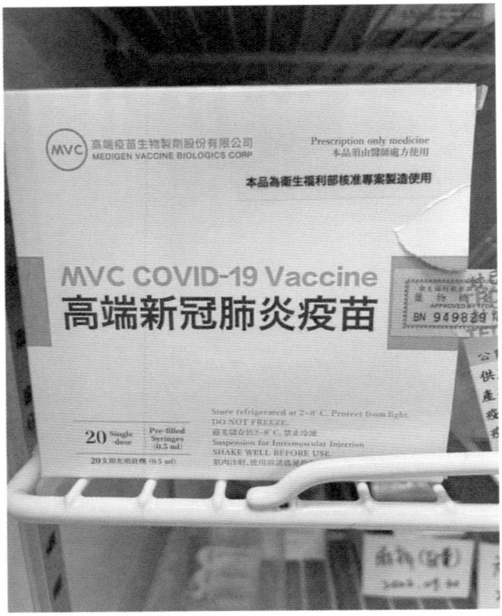

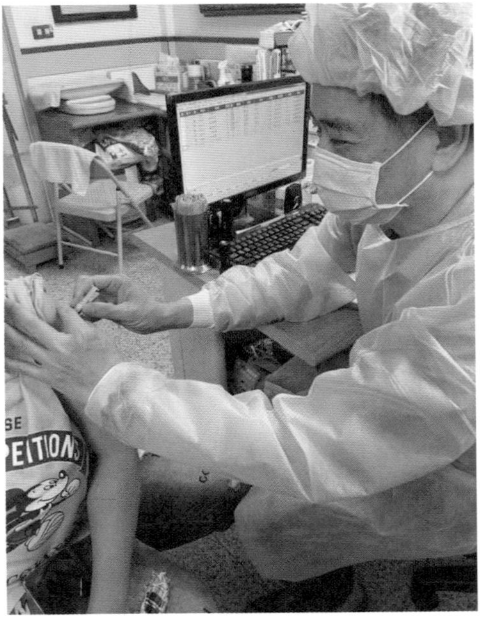

86. 寧願燒盡，不願銹壞

今日響應竹縣醫師公會及診所協會之政策，協助地方政府增加疫苗接種之量能，以單一診所，認養單一新冠疫苗之中型接種站！

大清早天剛亮，在薄暮晨曦中出門，前往竹北豐田活動中心。診所全員出動，從早到晚，馬不停蹄，共計注射四百多人次，經過終日辛勤工作過後，抬頭仰望藍天，不覺已是日落西山！還將數劑殘劑帶回診所施打，物盡其用，避免剩餘的疫苗被拋棄浪費！總算又挑戰完成了一件不可能的任務（Mission impossible）！

整天忙碌下來，儘管口乾舌躁，肢體酸麻，但能爲台灣防疫貢獻心力，有助及早恢復生活常軌，內心卻感十分充實！

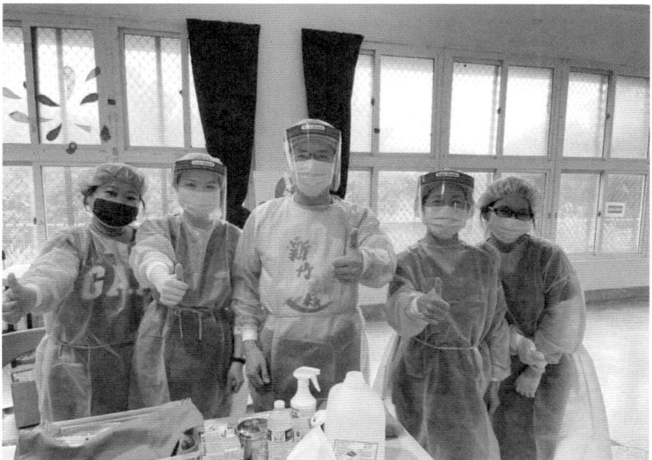

護士問我都已屆花甲之年，爲何還如此拼命，忽然想起馬偕博士所說過的話——「寧願燒盡，不願銹壞！」也謹記恩師林清淵教授的教誨：「人活世上，就要設法讓自己發光發熱，照亮自己也要照亮他人！」

（110.8.19）

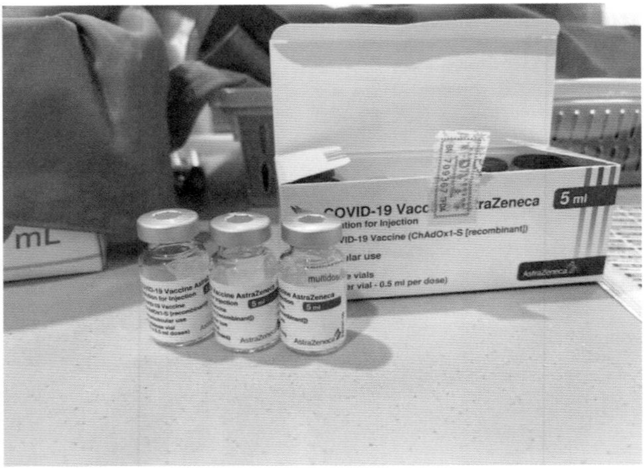

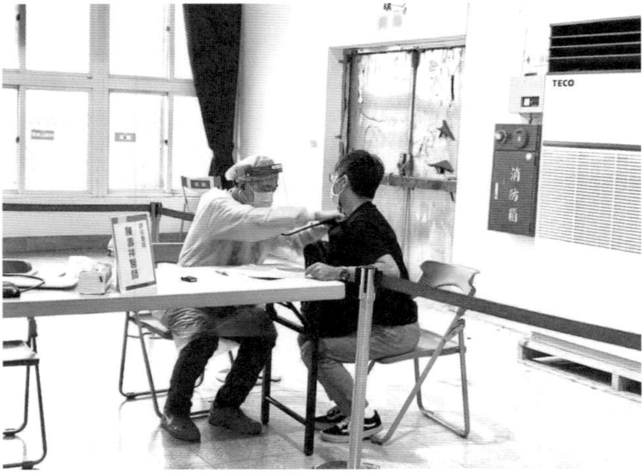

87. 疫苗人生

今日診所又負責包下了新埔活動中心的接種站，單日注射新冠疫苗（AZ）超過500人次，從早上晴空萬里打到傍晚日薄西山，整日下來尚稱平順，幸未遇到上回有暈針及打完後抽搐的案例？

疫情導致主治呼吸道科別的診所大多哀鴻遍野，只能靠打新冠疫苗的收入，多少補貼診所開支，過著「疫苗人生」的日子？

百年難遇的疫情，改變了原本醫療的生態？曾幾何時，原本高居雲端不求人的開業醫，也淪落到要向衛生單位求取施捨疫苗接種，並且爭取支援外包接種站，方能存活的境地？猶如在「囚徒困境」中演繹出一條生存血路！

但意外的確幸，就是靠著每瓶疫苗多節省出的劑量，做了不少功德，幫助了周遭不少親朋好友！那種富足的喜悅，並非金錢所能等量齊觀！

（110.10.9）

HEALTH FOR ALL

評估
陳壽祥 醫師

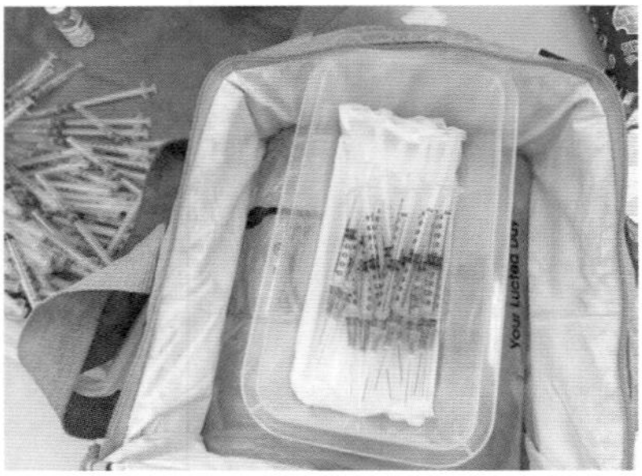

88. 涓滴細流，可以成江海

美國輝瑞及德國BNT藥廠合作研發的新冠肺炎疫苗，今日在診所開打，民眾引頸期盼已久，以致報到率百分百！一瓶0.45 CC的濃縮液，注入1.8 CC的生理食鹽水，合計2.25 CC，標準劑量是一瓶抽6支，每支0.3 CC！但發現用不同廠家的空針去抽取，實證結果大相逕庭？如用普通一般的1cc空針去抽取，一瓶只能抽六支，會剩一些殘餘量，必須丟棄；但若改用所謂「低殘餘量」的空針，那每瓶可抽好抽滿七支，爲了能爭取每一瓶這一支多出的劑量，嘉惠造福更多的民衆，診所之前大量購買了這種空針，此時正好派上用場！

「涓滴細流，可以成江海」，別看每瓶多節省下來的這一支劑量，聚沙成塔，可增加更多疫苗的覆蓋率，有助形成更廣泛的群體免疫保護力！

（110.9.27）

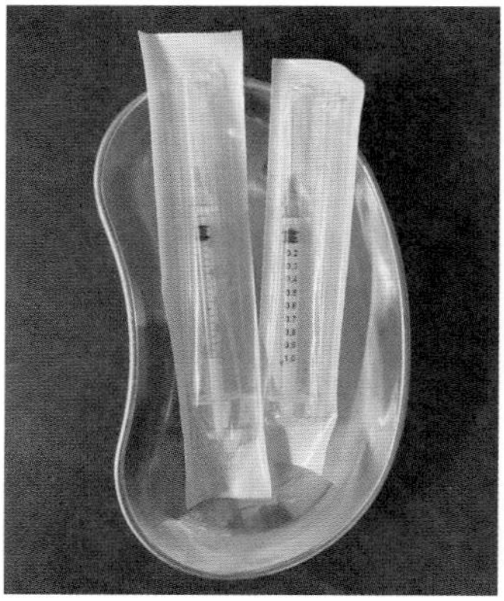

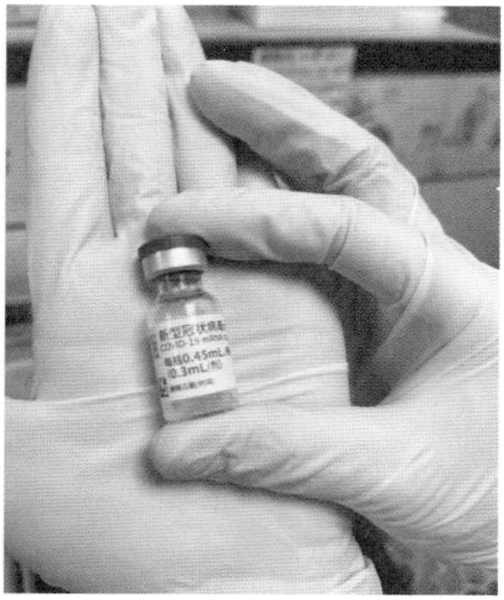

左邊橘色針頭爲一般傳統空針
右邊粉紅色針頭爲低殘餘量空針

89. 陳大班的一天

因爲新冠肺炎疫情的蔓延，及國內疫苗採購的延宕，現今診所每天幾乎都在注射新冠肺炎疫苗？加上十月又撞上每年季節性流感疫苗開打，史上第一次面臨最多種疫苗同步施打，光流感疫苗公、自費，就有東洋、巴斯德、國光、葛蘭素四家品牌，新冠肺炎疫苗也有AZ、莫德納、BNT、高端四家廠牌。冰箱裡堆滿了成堆的疫苗，施打時必須頭腦清楚，遵循一定的SOP（標準作業流程），才不致忙中有錯！

今天週末又施打了兩百多劑疫苗，收工開車回家時，收音機傳來蔡琴的歌聲「最後一夜」，一時心有所感，隨想隨寫下了——「陳大班的一天」！

打不完新冠疫苗，
收不盡注射針筒？
病毒切莫爲我留！
身邊語多愁？
診不完男女老少，
看不盡注射百態，

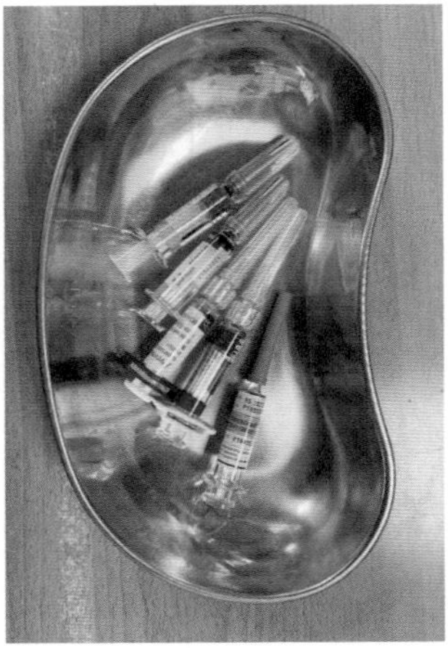

疫情惱人向誰訴，
空對帳戶愁？
我也曾陶醉在門庭若市，
像小鎮中的名醫；
我也曾心碎於門可羅雀，
躊躇在診所台階！
疫情望滅夢盼醒，
渴望能向它道別！
曲終人散，轉頭一瞥，
嗯……，苦戰一回！

（110.10.2）

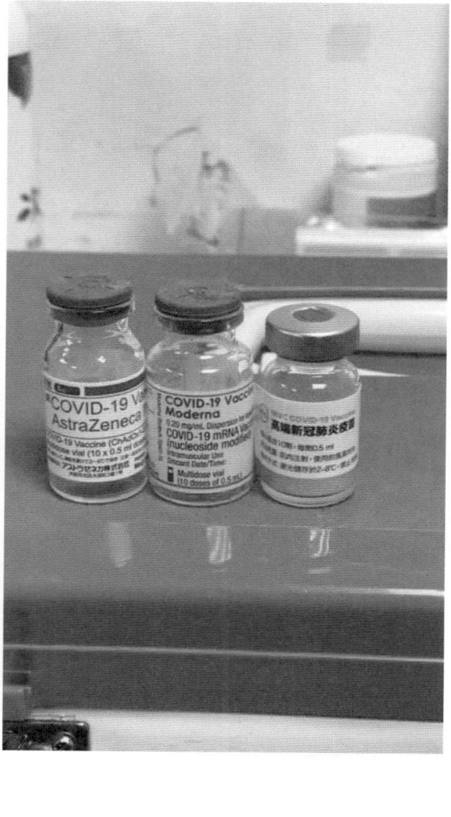

90. 那美好的仗，疫起走過

參加11/7日新竹縣醫師節慶祝大會，並獲頒防疫有功貢獻獎！

新型冠狀病毒（COVID-19）疫情蔓延多時，方興未艾；台灣本來嚴守邊境，阻絕疫情，成效甚佳，不料今年年中產生破口，一度星火燎原？靠著美、日及民間企業，慈善團體及時雨的捐贈疫苗及優質醫護人員的動員投入，加上民眾的高度自律，終於又將疫情平息下來！

回顧這一年多來的抗疫過程，從校園巡迴宣導、支援縣府快打、快篩站、診所承接疫苗接種、及包下數場中型接種站業務……，可說是無役不與！

在這場防疫的聖戰中總算貢獻了一己棉薄之力，同時將診所的防疫量能極大化，希冀協助民眾能夠早日回歸正常生活！「守得雲開見月明，靜待花開終有時。」期盼疫情早日消散，大家生活能夠回歸常軌。

正如聖經上所說：「那美好的仗我已經打過了，當跑的路我已經跑盡了，所信的道我已經守住了……！」此刻心境好似古人所云：「老驥伏櫪，志在千里；烈士暮年，壯心未已！」

（110.11.7）

新竹縣長楊文科頒發110年度防疫貢獻獎

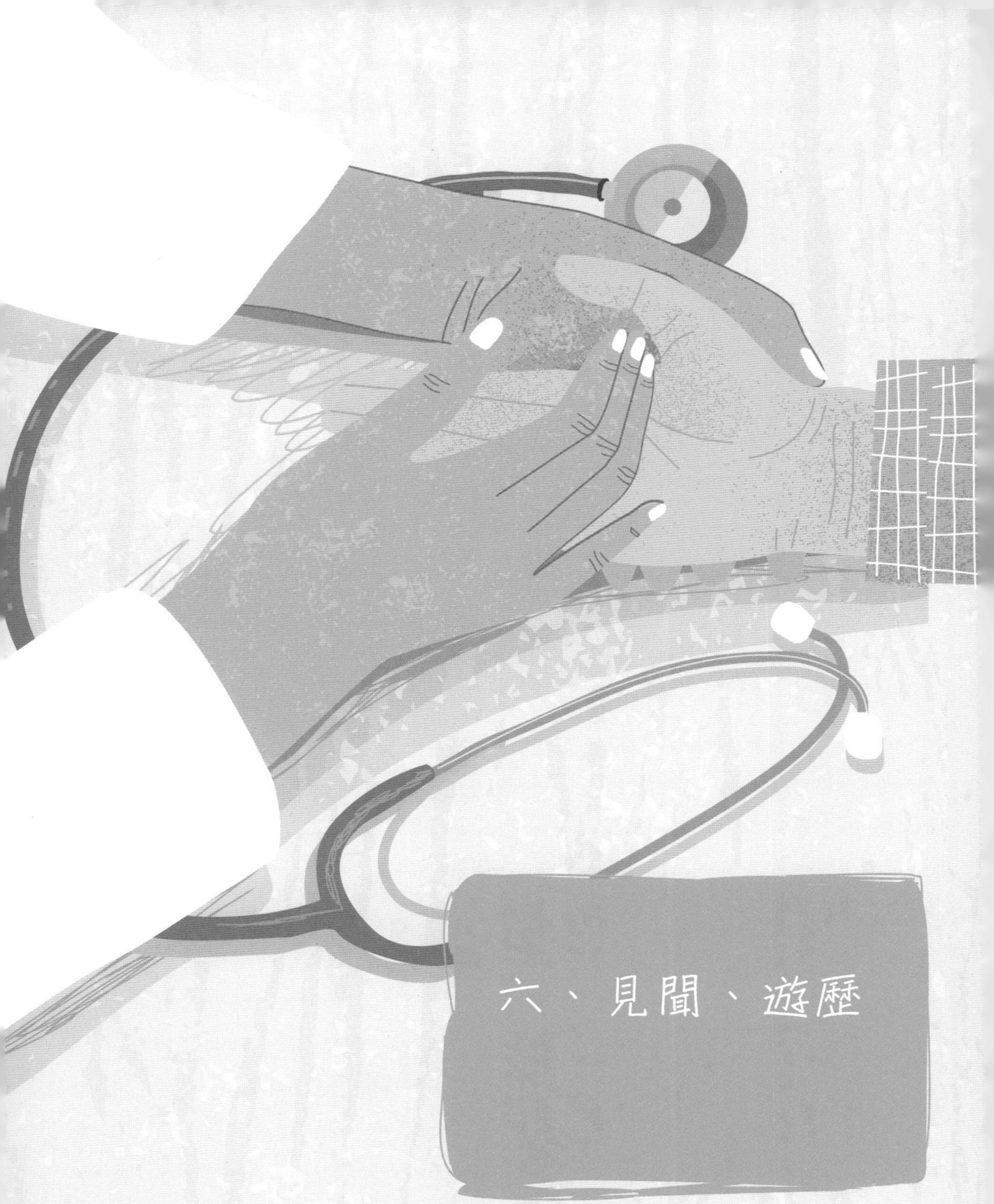

六、見聞、遊歷

91. 大江東去浪淘盡，千古風流人物

結束了連續三天緊湊的亞太兒腎醫學會議，中午開始輕鬆的tour行程，參觀圓山飯店導覽及新近解禁的圓山東祕道之旅。

圓山飯店原址爲日據時期的台灣神社，國民政府接收臺灣後，首任省主席魏道明先生，爲發展觀光業，將其改建爲台灣大飯店，1952年由蔣夫人宋美齡入主，改建爲圓山大飯店，交由孔二小姐（孔令偉）打理，負責接待國內外元首及貴賓！

圓山飯店西秘道逃生溜滑梯

飯店外觀古色古香，充滿中式古典元素！東西兩側各建有戰備逃生密道，供緊急狀況避難之用，其中的西祕道於前年解禁；東祕道甫於今年3/25開放。祕道由曾幫德國希特勒建構碉堡經驗的工程師負責督造。只是民國62年建造完成，蔣介石總統在64年卽與世長辭，並無機會使用。其中東祕道通到孔二小姐的故居及祕境花園，可以一窺這位神祕人物的生活起居。

孔宋家族成員，在中國近代史曾掌控半邊天，翻雲覆雨，但「大江東去浪淘盡，千古風流人物」！「圓山飯店今猶在；不見當年孔、宋、蔣？」

（110.4.1）

第14屆亞太小兒腎臟醫學會議，110-3.29～4.1於台北圓山飯店召開

92. 書中自有黃金屋，書中自有顏如玉

新竹「蔦屋書店」初體驗，新潮的裝潢、亮麗的空間，複合式書店經營模式，爲傳統式書店開展另類生存之道！

科舉時代，參加考試是平民百姓求取功名、階級翻身的唯一出路？多少莘莘學子十年寒窗，只求有朝一日「一舉成名天下知」，是以有了以下的經典文章：

富家不用買良田，書中自有千鍾粟；
安居不可架高堂，書中自有黃金屋；
娶妻莫恨無良媒，書中有女顏如玉。
出門莫恨無人隨，書中車馬多如簇。
男兒欲遂平生志，五經勤向窗前讀。

——宋眞宗勸學篇

時至今日，社會型態改變，「行行出狀元」，讀書已不是唯一的出路！然而開卷有益，多讀書還是可以增加知識、改變氣質，所謂「腹有詩書氣自華」！古人也說：「貧者因書而富，富者因書而貴！」現在3C盛行，學生幾乎人手一機，沈迷之下，被網路戲稱淪爲**「鍵人」**和**「觸生」**的世代？

還是要鼓勵學子多涉獵實體書籍，建立書香社會！

（111.9.8）

93. 時人不識余心樂，將謂偷閒學少年

因爲車子進廠保養，這個禮拜將庫存在老家車庫的小摺（自行車）找出，重新上油、打氣後，做爲上下班暫時的代步工具。

現在每天早晚，沿著頭前溪的自行車道騎乘，欣賞河岸的風景並享受「慢活」的樂趣！腦中不禁浮現宋朝程顥的詩句：

「雲淡風輕近午天，傍花隨柳過前川。
時人不識余心樂，將謂偷閒學少年！」

很多年輕人和小朋友將這條車道當做遊玩及健身的工具，和我將其當成上下班路徑，心境上大異其趣！雖然秋老虎發威，燠熱難當！一趟騎下來，常是汗水淋漓，但卻意外收到瘦身的效果！看來以後可以考慮每週抽個一兩天，改以自行車代步？

（109.9.17）

94. 竹籬笆外的春天

新年走春，下午到台中的彩繪眷村。一個原本廢棄破舊的眷村房舍，經過藝術家的投入改造，將其變得五彩繽紛，成爲一個超過200萬訪客的打卡景點！

看到這些房舍，不禁勾起我兒時的回憶，小時住在稅捐處的職務宿舍，旁邊緊鄰空軍眷村，因此兒時玩伴，很多是眷村子弟！小時常去他們家串門子，聽過大陸多省的南腔北調，也品嚐了衆多中國各地的美食！

國民黨播遷來台初期，帶來大量軍人，爲了便於安置及管理，在全台各地圈了許多土地，成立眷村！他們雖然袍澤情深，但相對限縮了「竹籬笆」內外的交流！許多眷村子弟因語言隔閡，無法融入本地社會，導致後來的出路不是加入幫派就是就讀軍校！不過也有少數天縱英才者，出國留學拿到博碩士學位，在學術上卓然有成。

在現場遇到了一位彩虹爺爺，他是該眷村的原住戶，擅

高美溼地一落日餘暉

長丹青漫畫，購買他的畫作，還可以和他合影留念，雖壽登耄耋，本人卻非常搞笑逗趣！

接著趕赴台中港附近的高美濕地，觀看落日餘暉，霞光萬道，映照海平面的美景！也同時觀看到了「一行白鷺上青天」的景象！

然後回程就是面臨一路塞車的痛苦窘境！

（110.2.14）

彩虹爺爺的畫作-蔣介石總統戎裝照！
和真跡照片的對比！

95. 步道夜色涼如水，輕聲漫步觀流螢

每年4-5月是油桐花盛開及螢火蟲（俗稱火金姑）出沒的季節，之前高中同學邀約前來「獅頭山遊樂區的六寮古道」賞螢，因爲需要看診無暇參與，因而失之交臂，昨天母親節特帶家人前來，補足缺憾！

遊客中心及步道旁，仍可看到盛開的油桐花；入夜後漫步在步道上，漆黑夜色中就可見到螢火蟲出沒。遊客驚呼連連，大飽眼福！此時天空微飄細雨，眼前螢光點點，此情景與童謠「**西北雨，直直落；火金姑，來照路**」若合符節！

螢火蟲屬於肉食性動物，以小型蝸牛、蚯蚓爲食，喜歡長在溫暖潮濕的地方。台灣共有六十多種螢火蟲種類，今天抓到一隻就是屬於台灣小窗螢！

「**步道夜色涼如水，輕聲漫步觀流螢**」！難得工作忙碌之餘，在一個初夏的午後及傍晚，有這麼一趟知性之旅！

（119.5.11）

六寮古道

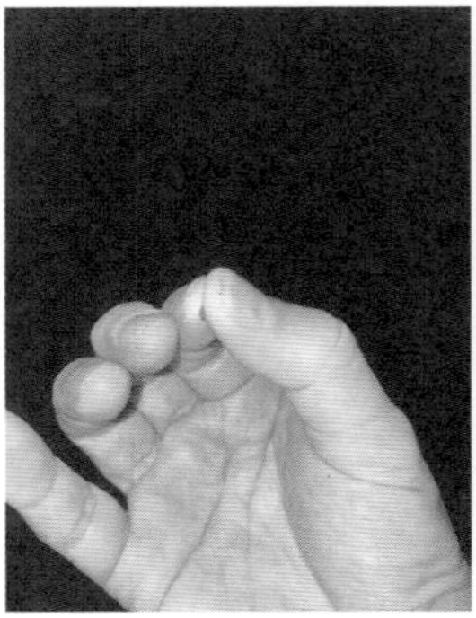

96. 白雲深處有人家，櫻樹紅於二月花

新冠肺炎疫情吃緊，時值櫻花季，既然日、韓旅遊皆成禁忌，賞櫻只好不假外求，谷歌導引找到新竹郊區的「數碼天空」，按圖索驥沿著蜿蜒的山路開車上山，不料天氣驟變，天空飄起了細雨，氣溫陡降，「**遠上寒山石徑斜**」；但到了目的地，忽現世外桃源，山頭氤嵐繚繞，步道旁櫻花盛開，落英繽紛，勝似吹雪！正是「**白雲深處有人家；櫻樹紅於二月花**」！

原來在臺灣就有不錯的賞櫻景點，不必捨近而求遠？

（109.3.1）

97. 福虎生風，虎嘯雲天

新年走春，至北海岸野柳地質公園遊玩。

野柳岬是突出海面的岬角，受造山運動的影響，海底的沈積岩上升至海面，經過海水侵蝕、岩石風化及地殼運動等作用產生了奇岩怪石，蔚爲奇觀！造就了海蝕洞溝、燭狀石、蕈狀岩、豆腐岩、蜂窩岩、壺穴、溶蝕盤，其中女王頭、仙女鞋、燭臺石等，更是聞名國際的海蝕奇觀。

一早霪雨霏霏，微風細雨不斷，站在岸邊觀看濁浪排空；但也拜天候不佳之賜，遊客不多，和著名的「女王頭」奇石拍照時，不必耗時等候！爲了延長女王頭的壽命，北海岸風景管理局，特別做了木棧道供遊客行走，減少人們觸摸侵蝕的機會！

回程順道在漁港旁的海鮮餐廳，大啖了螃蟹、石斑美味，口齒留香後結束了一天的行程！

祝各位臉書好友虎年行大運，「福」虎生風！

（111.2.1）

野柳女王頭

仙女鞋狀石

薑型石

海蝕洞溝

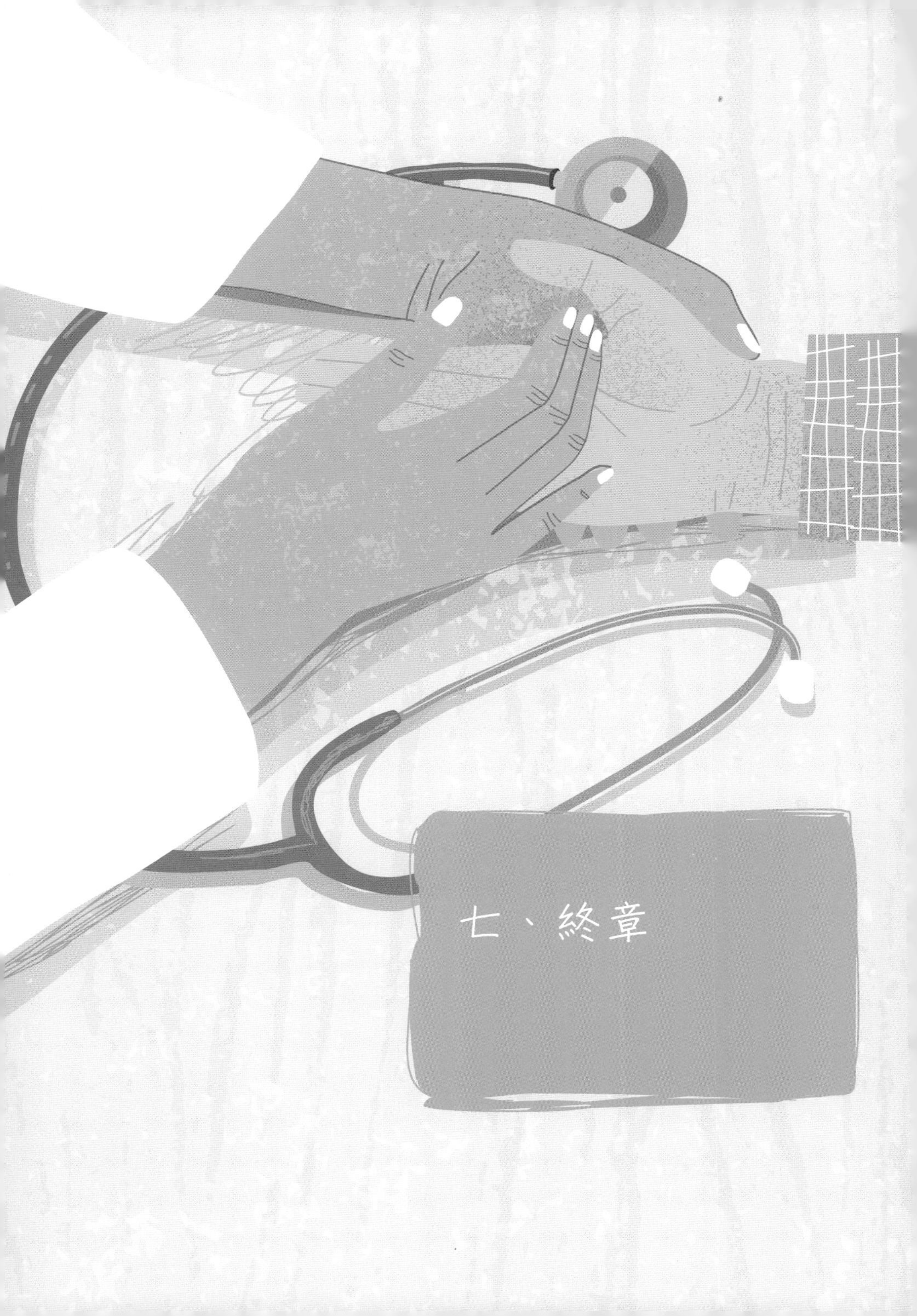

七、終章

98. 忘瞋忘憂度春秋，忘年忘我三世修

一早起床，打開手機，生日祝福如雪片般紛至沓來，這大概是使用fb、line……等社交軟體的附加好處吧！

年歲漸增，馬齒徒長！

浮生若夢，世事無常！

今年意外送走了幾位親朋故舊，又逢新冠肺炎疫情；行醫三十載，見過許多生老病死，更感健康是福，平安是幸！人生碌碌，競短道長，看春去秋來，月落月升！「年華似水匆匆逝，生命哭笑中輪迴！」保持樂觀進取的心態度日，就不會有時不我待之嘆！古人云：「忘瞋忘憂度春秋，忘年忘我三世修！」

感謝藥商業代送的蛋糕，及診所員工昨日提前幫我慶生；也感謝衆多「臉書」好友的祝福，我都收到了！祝大家闔家平安喜樂！

「沈吟屈指數英才，萬般回首化塵埃！」明天不確定可不可以更好，但肯定會變得更老！所以應當活在當下，**「樂在工作」**就不覺老之將至，所以我今天仍要繼續努力工作！

（109.7.25）

兒科聖手
无他相机

99. stay learning, keep going

昨天下午門診時，來了一個病懨懨的病人，苦苦哀求道：「醫生，我是明天竹縣跨年晚會表演節目，老王樂隊的主唱，我現在四肢酸痛、全身無力，你務必要把我醫好，否則我明天無法上台演唱？」

今天完成2022年最後一天百餘人的門診，回到家打開電視時，赫然看到該病人已在台上生龍活虎的彈唱，一種「助人爲樂」的欣喜與成就感又不覺上身！最近新冠肺炎確診病例居高不下，加上諾羅病毒併發肆虐，門診工作量倍增，但做自己有興趣的工作，即使分量再重，亦不會覺得疲累！

舊的一年行將逝去，全世界被新冠疫情綑綁了三年，現在終於逐漸鬆綁。感恩過去一年曾幫助過我的友人、師長、員工……。年中看了阿湯哥主演的電影《悍衛戰士第二集「獨行俠」》，不禁爲其時隔三十多年，還能爲拍攝續集，精雕細琢拼博的精神所折服！也期許自己要stay learning, keep going!

祝各位臉書好友，新年快樂，「兔」年行大運！「兔」飛猛進、前「兔」似錦、鴻「兔」大展、錢「兔」無量！

（111.12.31）

湯姆克魯斯
捍衛戰士
獨行俠
5月25日
搶先全美 戲院見

100. 飄落紅塵歲幾更，「老兵不死，只是逐漸凋零」

從醫學中心（台北榮總）、區域醫院（竹北東元醫院）、自行開業，一路走來，行醫迄今，飄落紅塵歲幾更？我本身都已行醫30年；國中、高中、大學時曾分別幫我看過病，在新竹市執業的林啟銘、林安復、吳廷臣三位前輩醫師，至今尚未退休，仍在懸壺濟世！

承蒙小兒科醫學會，《兒科最前線》雜誌前來邀稿，要我描述一個過敏氣喘科基層開業醫的心路歷程！利用門診的空檔，隨想隨寫，爰記錄在臉書。慶幸在這疫情詭譎多變的2020年，能夠全身而退；且權充行醫三十年的註腳紀念！

～「莫嫌老圃秋容淡，猶有黃花晚節香」～

一個過敏氣喘科，基層開業醫的心路歷程

時光荏苒，開業至今，不覺已有18個年頭，一路走來甘苦倍嚐。細數來時路，恰與清末國學大師王國維所說的人生三大境界，若合符節！

(1) 昨夜西風凋碧樹，獨上高樓，望盡天涯路

民國79年服完兵役退伍後，通過激烈的競爭，順利錄取台北榮總兒科部擔任住院醫師，同儕皆爲各校的佼佼者，腦力激盪加上多位名師指點下，快速提升了一己的兒科實力。但公立醫院主治醫師畢竟員額有限，似我此等中上之資，又無任何家世背景可恃，學成後將何去何從？

成爲個體戶自行開業是極可能的選項，其後發現各次專科不須仰賴醫院重裝備，開業後可獨立作業的科別，非過敏氣喘免疫科莫屬；同時它進可攻，退可守，若是僥倖留在醫學中心，也可以逕往學術路線發展！所以矢志朝此目標前進，幸蒙恩師林清淵教授收留，追隨其擔任兩年的臨床研究員（fellow），順利取得了該有的次專科證照！

(2) 衣帶漸寬終不悔，爲伊消得人憔悴

北榮兒科結業後，自嘲成爲「自謀生活退除役官兵」，原本打算直接進入基層開業，然而計畫趕不上變化，原本承租的房東臨時反悔。但辭呈已遞，頓感前途茫茫？一日在值班室翻閱臺灣醫界雜誌，發現新竹東元醫院草創，徵求兒科主任，陰錯陽差下，遂應聘前往任職！初時單槍匹馬，原本抱持且戰且走的心態，豈料時勢造英雄，彼時新竹馬偕、國泰分院皆尚未成立，署立新竹醫院因院長貪汙遭判刑，樹倒猢猻散，整票兒科醫師集體出走，竹北的東元醫院遂成爲大新竹地區兒童病患住院的首選，確也曾有過一番榮景；我也乘機運用醫院的資源及檢驗設備，大力發展過敏氣喘病童的收治！極盛時期，手上有近五百人在執行減敏治療，更是新竹地區開立氣喘MDI、DPI（terbuhaler, accuhaler…）等氣喘吸入型藥物，藥商眼中的大戶！但隨著業務的擴

張，不可避免遇到了大多數區域、地區醫院所面臨的難題，即缺乏基層值班的住院醫師，加上醫院福利待遇的日漸削減，面對一手創建的大好江山，雖有萬般不捨，終究興起不如歸去之嘆！

(3) 衆裡尋他千百度，驀然回首，那人卻在燈火闌珊處

離開醫學中心繞了一大圈後，最後還是回到基層開業，但有了醫院服務期間奠下的根基，開業之初可以跳過慘淡經營的辛酸，直接承接既往的病源，當然也包括原先一大群的過敏氣喘病患！有一次在兒童過敏氣喘學會上，曾聽聞成大的王志堯教授說：「你們選擇這個科別就對了，因爲過敏氣喘病是可以control，但很難cure，而且過敏病童盛行率逐年在增加，你的病人會看不完。」果不其然，開業後因具備兒童及成人過敏免疫科次專科執照，再加上加入健保署的過敏氣喘照護試辦計劃，大膽開立藥物及檢驗，過敏氣喘病患源源不絕，且開業成本相對較低，與我當初的規劃不謀而合！

積十八年之兒科開業經驗，深覺兒童過敏氣喘次專科，是一個相當適合開業的科別，因爲它可以獨立作業，不像其他次專科需仰賴醫院重裝備，一旦離開醫院，比較難以發揮所長；同時因具備過敏氣喘病之專業背景，在做衛教及過敏氣喘藥物的解說上，更爲得心應手！至於檢測過敏原，可以與外面的檢驗所合作，一樣可以獲得部分檢驗費用給付，你只需負責抽血提供檢體即可，因此在住院醫師階段，抽血的技術需要熟練！

此外健保署有開辦氣喘照護試辦專案計畫，這是一種論質計酬的概念，開業醫最好能加入

此計劃，因為它是一個保護傘及「免死金牌」，在此計劃cover下，不論是作檢驗或開立高價藥物，都有比較大的彈性。不但可以獲得額外的照護點值給付，亦可以降低被抽審的機率及避免遭到放大核扣；同時藉由長期慢性處方箋的開立，有利於keep病人的回診率！

個人也有從事過敏病如過敏性鼻炎、氣喘的塵蟎「減敏治療」，雖然此種治療存在有過敏性休克的風險，但「富貴險中求」，桃竹苗區開業診所，現今因只有我一人在執行此項治療，且療程長達三至五年，所以手上累積了大量病患。猶如武俠小說中闖蕩江湖時，別人只有刀、劍，但你手上多了一個飛鏢當武器。可惜原代理減敏試劑的醫杏公司結束代理權，故現在多將病患改成口服減敏治療！

莫道桑榆晚，為霞尚滿天

一次在醫師公會的聚會中，遇到在新竹市執業，小時候曾幫我看診過的老醫生，年近八旬，仍未退休；自忖自己都已出道三十年，而現在醫學生每年以一千三百名的速度繁衍！醫學中心生存不易，可以想見未來開業醫數量將有增無減。現今年輕醫生擅打團隊車輪戰及7-11全年無休式的經營模式。「長江後浪推前浪」，前浪如何在激烈的競爭環境下倖存於沙灘上，個人覺得診治過敏、氣喘、鼻炎……等慢性疾病，是一個不錯的選擇。因為這些病患黏著度高，且受環境氣候變化影響甚鉅，一遇變天，就會紛至沓來找你報到；許多人更有基因遺傳，會將親友甚至下一代轉介給你，因此病患會不虞匱乏！而年紀的增長，恰成經驗的累積，對自己反成加分而非減分的因子！

「莫嫌老圃秋容淡，猶有黃花晚節香」！從事過敏氣喘次專科，只要身體健康狀況允許，可以讓你「活到老、看到老」，展延退休的年限！

（109.12.30）

台北榮總兒科部同仁與川崎富作博士夫婦合影

左起台北長庚小兒科顏大欽主任、中國醫大附設兒童醫院王志堯院長、台南開業醫李孟峰院長

新竹市小兒科開業醫吳廷臣院長

國家圖書館出版品預行編目資料

杏林隨筆：聽診器下的呢喃（2）／陳壽祥著．--初版.--臺中市：白象文化事業有限公司，2023.7
面；　公分.
ISBN 978-626-364-017-7（平裝）

863.55　　112005492

杏林隨筆：聽診器下的呢喃（2）

作　　者　陳壽祥
校　　對　陳壽祥
插　　畫　蔡啟超
攝　　影　陳壽祥
發 行 人　張輝潭
出版發行　白象文化事業有限公司
412台中市大里區科技路1號8樓之2（台中軟體園區）
出版專線：（04）2496-5995　傳真：（04）2496-9901
401台中市東區和平街228巷44號（經銷部）
購書專線：（04）2220-8589　傳真：（04）2220-8505
專案主編　陳逸儒
出版編印　林榮威、陳逸儒、黃麗穎、陳媁婷、李婕
設計創意　張禮南、何佳諠
經銷推廣　李莉吟、莊博亞、劉育姍、林政泓
經紀企劃　張輝潭、徐錦淳
行銷宣傳　黃姿虹、沈若瑜
營運管理　林金郎、曾千熏
印　　刷　基盛印刷工場
初版一刷　2023年7月
定　　價　350元